周淑屏 著

再見貓店長

enlighten &fish 亮光

我的名字是小老虎，

又叫不先生。

是不先生，不是畢先生，

不是畢加索的畢、畢氏定理的畢，

而是不要、不可、不好的不。

contents

Chapter 1

不先生

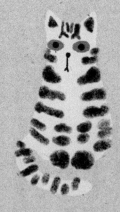

我的名字是小老虎，又叫不先生。

是不先生，不是畢先生，不是畢加索的畢、畢氏定理的畢，而是不要、不可、不好的不。

我是一隻黑白相間的虎斑貓。有人說：常見的虎斑貓咪大多是由細平行條紋所構成的魚骨紋虎斑。虎斑紋基因是顯性的，幾乎都會出現在所有家貓身上。

但是，也有人說我是狸花貓。狸花貓身體健壯帶有野性，皮毛有魚骨刺或虎斑狀斑紋，頭形呈鑽石形，額頭上通常有 M 字形斑紋，耳朵的傾斜角度與其他貓不同，眼睛呈大而圓的杏仁狀，瞳色為發光的黃色或綠色。狸花貓智商較高，牠可以清晰地理清周圍環境中事物的關係，容易與人類進行互動。

我的瞳色是綠色。

狸花貓智商較高？對啊！我是的，但應該是極高，不是較高。

牠可以清晰地理清周圍環境中事物的關係？當然，這只是小事一樁，何足掛齒！

容易與人類進行互動？那要看那是誰了！例如，在我的一眾粉絲之中，也有一些人我不想跟他互動的。

粉絲？我當然有，而且有很多。有人在臉書上成立了一個「貓店長關注組」，我就是其中一個有極多人按讚、追蹤的貓店長。

我為甚麼是貓店長？因為我是旺角區一間藥房的貓，我的主人不是藥房老闆，而是藥房裡的藥劑師。藥房的藥劑師當然比老闆重要，因為在掛了紅色 R 字招牌的藥房中，沒有藥劑師駐場是犯法的！

我是藥房中上至老闆、藥劑師，下至店員、倉務員的主子，有我在這裡坐鎮，藥房就客似雲來，客人幾乎都是衝著我來的。

我這個店長可忙得很，不單主理藥房的業務，連隔壁

左邊的時裝店、右邊的兩餸飯餐廳，也要我常去巡視，因為粉絲們在藥房找不到我，就會到時裝店、兩餸飯餐廳那裡去找、去問，這間接也就帶旺了兩間店的生意，所以他們的店員也很歡迎我過去。

不相信我的魅力與受歡迎程度？看看這個貓店長網站的帖子吧！

明星貓店長關注組帖文

第一次見不先生肥嘟嘟
呢個係唔係睇舖 MODE ？

粉絲亂入

> 我就喺忍唔住想攬下佢，諗下啫！

> 不先生話係唔係買嘢㗎？唔係唔好阻住晒喎！

> 我點止睇舖？仲睇緊你有冇幫襯！

> 齋睇冇幫襯！我冇罐罐食㗎啵！

> 少少怨氣，應該似係唔想睇舖 MODE 多啲！

不先生劃房擺位，
不先生只能望門興嘆！

粉絲亂入

係咪藥房開檔先拎番佢個崗位出嚟？

係呀，不過擺好後，不先生入咗舖內，又冇出嚟！

呢間可能係全港最多人關注嘅藥房！

不先生間紙板劃房裡面，總有幾包 tempo，阻住佢瞓！

點解間劃房一定要擺喺藥房出面？

咁先可以吸引多啲客吖嘛！你都唔知不先生嘅吸引力有幾大！

終於第一次專程探不先生。去到，個位空嘅，心一沉，望真啲，原來喺舖頭入面呀！不先生：你好呀，nice to meet u。我忍手冇摸佢，仲幫襯咗 $160，同老細講，因為不生，所以幫襯你咋！希望佢更加錫不生！

點解嗰枝滴露怪怪地？
原來係不先生！

粉絲亂入

你睇我唔到！你睇我唔到！

隱藏得非常好！

老闆我就要呢枝滴露啦！

老闆我要呢枝貓形新包裝滴露呀！

靚仔不先生當佢曳咗嘅時候，佢家姐點樣去罰下佢？即刻睇下，安慰下男神。

與其話係懲罰，不如話係家姐錫到佢燶，佢行到邊，家姐就要拎番嗰樽大滴露去邊！

就係果樽咁大嘅滴露，先可以固定住條貓繩，所以佢去到邊，大滴露就去到邊！

綁住條繩，想去兩餸飯搵靚女都唔得！

人嚟，幫我買咗樽大滴露走！

冇得去隔籬時裝店揀衫，同去兩餸飯聞飯香！

好似以前外國啲重犯要拖住個大鐵球！

一枝滴露點會難到佢呀？

之前不先生會走去隔籬兩餸飯同隔籬時裝店蛇王㗎！可能佢主人姐姐睇到呢個 group 見到，所以成日捉番佢入去！

主人姐姐知唔知佢叫做不先生？

不先生間藥房請人喎，請倉務員，見工可能要預先經不先生面試。

請人喎，入到去做，咪可以日抱夜抱不先生囉！

藥劑師姐姐會吼住晒，唔會畀你日抱夜抱㗎！

不先生嘅主人——藥劑師姐姐都好靚女，入去做識下靚女都好！

好開心可以同不先生合照！佢唔多合作冇理冇望鏡頭，可能同靚女合照會合作多啲！

粉絲亂入

仲未收工，入去買嘢見到佢坐咗喺藥房入邊，買完準備走，佢就行咗出門口，出巡咗一陣，佢好似想去兩餸飯，行咗幾步之後，被捉番入藥房！

我都係呀！但沒有影相，只是摸了不先生面仔兩下，因為買了兩枝大滴露，每枝 85 蚊，果個 size 好重呀！所以沒有影相，第一次見不先生好想抱抱，我會再次去買嘢，下次一定影相留念。

今日專登去朝聖，見佢嘗試出街，兩分鐘就畀主人抱番入藥房。

今日去完旺角食飯，搵朋友帶路去門口唔見不先生，原來畀店員單擋，買咗一嚿 32 小包紙巾，再同不先生影相。

粉絲亂入

不先生好得意，成日戴住條綠色領巾，個樣好得意，似好細個咁，到底佢幾多歲㗎？

見到佢換咗聖誕頸巾好靚仔！

手機影得好清晰，好靚，影到「不要摸我」好精靈。

佢因為身邊成日有個螢光黃色牌寫住「不要摸我」，所以叫做不先生？

係呀！間藥房周圍都貼住「不要摸我」，不先生行到邊個牌就貼到邊，可見佢主人幾緊張佢！

剛剛喺巴士上面見到不先生過咗隔籬兩餸飯，好似換咗新頸巾！

佢真係好受歡迎，好勤力事事親力親為。

佢依家個勢頭，佢旁邊嘅店舖如入無人之境！

各位買完兩餸飯，記得過隔籬藥房買 tempo 紙巾！

成條街佢話晒事！

點解成日覺得佢嘅表情好似唔開心咁？

佢個樣生得 COOL 咗啲？但佢性格其實好熱情，好似電視劇男主角梁朝偉咁，外冷內熱。

所以佢哋稱佢為貓界梁朝偉，睇佢嘅憂鬱眼神就知啦！

想問下不先生其實原名叫乜名？

佢叫老虎仔。

其實佢驚大家隻手污糟，整到不先生肚仔唔舒服，咁又有冇可能整枝不求人畀大家，用嚟拗下不先生呢？

今日經過旺角不先生間藥房，見到又有年青人想摸不先生，我叫：Don't touch！此時店員已經出嚟抱番佢入舖！

粉絲亂入

寫明：Don't touch 啊！唔識英文㗎！

請問不先生生喺邊？我都想探下佢！

自己估，我哋要保障佢安全！

我已經喺 google map 搵到，下次出旺角打算去朝聖！

我都搵到，搵日會過去。

15

頭先經過，我見到好多人圍住不先生！

啲人可能會抱走不先生！

請問旺角邊度？好想去見下佢呀！

自己留意下啲 post 自己搵！

請問不先生在哪區藥房？我想去摸下佢！

旺角與太子交界一間藥房。

都話唔畀摸咯！摸乜鬼啫？摸你自己啦！

今日去圖書館中途，見到有一個女士影不先生，又有幾位年約二十多歲嘅女仔話好想摸不先生，我即時同他們講唔可以摸，這幾個女生當然冇摸到，不先生此時跳下跳下返入舖，有位四眼店員在店內望出店外，以為我搞不先生！

粉絲亂入

尋日見到不先生，佢好熱情，見到我就行過嚟！

佢成日行去藥房隔籬後巷，嗰度會唔會好污糟㗎？

放心，主人靚女姐姐會幫佢抹身，佢鍾意躝街，冇可避免，只能儘量減少染病機會，不要摸佢都係保護佢嘅行動之一。

從來都係街上嘅細菌引致疾病，不過唔想畀你摸咪話會因而致病囉！

旺角車來車往，其實咁樣放養都好危險㗎！仲冇計到會遇上壞人，畀人捉咗去就弊喇！

不先生今時唔同往日，佢有粉絲保鏢會守護佢。

日日都有好多粉絲嚟探佢，好多人保護佢喇！

● ● ● ● ● ● ●

　　至於我的名字為甚麼由小老虎變成不先生？這當然跟我的藥劑師主人伊玲有關，也許也跟人說她患上自閉症有關吧！

Chapter 2

伊玲

我的生日是九月十五日，當爸爸把我由廣華醫院接回去時，我們回去的是新家。當然，對我來說，並沒有新舊的分別，因為我才剛出世，甚麼在我看來也是新的。

　　但是，對於我們一家人來說，這確是一個新的家，是爸用了幾萬元買來的天台木屋。本來，爸媽、嫲嫲和兩個哥哥兩個姐姐，一共七個人，擠在不足八十呎的房間裡，但因為媽又懷了我，所以爸決定不要再擠了，就通過熟人介紹，在旺角區一幢五層高的唐樓上面，用鋅鐵和木頭搭建起一間木屋來。

　　這幢五層唐樓共有十個單位，天台不屬於任何一個業主，但出面介紹的人說二樓的業主有權賣，爸就賣、當、借的籌來了幾萬元，合約當然沒有，除了收了錢的那一戶，其他業主也說我們是非法佔用他們的天台。

　　天台約有八百呎，除了我們，還有另外三戶人家。天台被劃分成七份，我們佔百多呎，另一戶據說是沒給錢任

何人而非法佔用的，卻佔了最大的二百呎，另外一百呎是我們兩家的廚房、廁所。另一邊住了兩戶人，每個房子也不足一百呎，還有五十呎是他們共用的廚房。剩下來的，是我們幾家人中間的通道，和一處沒蓋的天井，那是這幢樓放水箱、天線，和我們晾衣服用的地方。

聽說爸從前是做洋服的，後來經濟不景，他和幾個友人在廟街賣唱。這都是聽媽說的，因為我並沒有和爸說過一句話，他在我學會說爸之前就病死了，所以我這一生從沒叫過一句爸。

印象中沒聽說過同學和朋友的爸爸與我爸爸是同行，賣唱是一種奇怪的職業。爸媽也是廣州濱江沿岸的水上人，說來我們一家彷彿和水結下了不解緣。爸媽生於水上，是蛋家人，兩戶人家兩條船常並排一起過活，他們青梅竹馬，在長大後失散，來到香港再重遇，就組織了我們這個家。

媽在酒樓當清潔女工洗碗碟，這也是與水有關。說到我們住的天台，與水就更有關係了，我常覺得我們是活在水中央。

　　天台的四周是排水道，我們稱為「坑渠」，我們家四周也是這種坑渠。下雨時水在我們四周川流不息。廚房只有鋅鐵頂，沒有圍板，可以說是半露天的，那時我們當然沒有廚櫃、灶頭、鋅盆之類，洗洗切切也是蹲在地上進行的，因此廚房地上常是濕漉漉一片。

　　天井是露天的，那是我們這幾家孩子在下雨時追逐和玩水的地方。於是，天井啦、廚房啦、廁所啦、坑渠啦、大小水桶啦，四處包圍著我們的全是水。這裡說的只是四周圍，還有下雨時的偉大景觀。因為屋頂是用鋅鐵造的，下雨時雨水打在鋅鐵上，雨點大時嘭嘭嘭，雨點密時滴嗒嗒，那是小時候陪伴我安睡的搖籃曲。颳起大風雨時，四面風聲、雨聲，那氣勢、那勁度，猶如一首交響曲。

颱風掛風球是我們家裡孩子最嚮往的時間，因為風颳得大時，小木屋有倒塌甚至全間被風颳去的危險；我們就試過一次屋頂被風颳走，一家人去街上四出找屋頂的經歷。媽怕我們危險，會忍痛掏腰包帶我們到鄰街的小賓館暫避，一家六口人（那時爸爸已死，嫲嫲在爸死的一年後也因傷心過度，隨著去了。）擠在一間小房間裡，媽和我睡床上，兩個哥哥兩個姐姐睡在地上。可以住在高樓大廈裡，是我們最開心的一晚。掛風球不用上課，又有機會住賓館（媽一定要掛八號風球以上才肯去的），所以掛風球是我在童年最嚮往的日子。

說到下大雨，童年時的我有一段誰也不知道的浪漫經驗。四戶人家中，以我的年紀最小，鄰居有一個比我大一年的男孩，因為年紀接近，所以和他一起玩的時候多。他與祖母相依為命，祖母望孫成龍，對他的管教很嚴厲，常常在我們玩得興高采烈時，他就被祖母呼喝回去做功課。

這一天，家裡的大人也外出了，剩下我和他兩個孩子，這時外面正下著大雨，我拿出媽前天買給我的玩具膠酒杯到天井玩，蹲在天井口有遮蓋的地方，伸手出去接雨水玩。鄰家的他見我自己一個人玩得起勁，也加入了。他不怕雨淋，叫我到天井裡玩，我們兩個孩子就冒著雨在天井玩盛水當酒的遊戲。小酒杯盛滿了，我們還假裝喝下去，還記得那碰杯的一刻，這是童年難忘的一樁事。

但這事情以後沒再發生過，雨還是下，但我再沒有到天井玩，因為那一次之後，我患了肺炎，媽從此不准我去玩。童年的一次浪漫經驗，成為令我發了三天三夜的高燒、停了三星期學的童年陰影，那時候我學習到，短暫的愉快經驗，通常要用長久的痛苦來換。

不再和鄰家男孩玩小酒杯，但用小酒杯盛水來玩的經驗卻令我難忘，彷彿是從那時開始，我對水產生了很大的興趣。

難忘第一次長水痘，也難忘第一次害香港腳，那也是因水而起的。不知是因為沒有了父親，還是因為年齡最小的關係，童年的我十分膽小怕黑；常常在夜裡要離開房間去屋外的廁所時，懇求姐姐陪我去她又不肯，媽還在酒樓沒回來，我只好一個人躡手躡腳地上廁所，上完廁所出來時，想起姐先前說的鬼故事，幻想地下有一隻手伸出來拉我的腳，我立即跳進廁所門口的水桶中，將腳浸在水裡，彷彿鬼就不能搲我的腳。

　　廁所門口的水桶盛的是用過的水，是貯存下來作沖廁用的。我站進去有時一站就是十幾分鐘不敢動，直至姐姐發現我失蹤久了，才出來救我，把我抱回去。因為水不乾淨，我又站在裡面這麼久，水中的黴菌令我長了香港腳。雖然母親知道後立即買來藥用肥皂幫我洗腳，病很快治好，但因此我被哥姐和鄰家小孩取笑了好幾個月。

　　那一次之後，我才知道原來水中很許多微生物，由此對水產生更大興趣。姐說小時候我常蹲在水桶旁邊看，後

來才知道我在研究水中的微生物。那時讀小學自然課只知道水中有蚊的幼蟲子了，長大之後，才知道水中原來有上萬上億種微生物。

　　雖然爸早死，媽也在我十二歲小學畢業時，因積勞成疾病死了，但因我是家中最小的，哥姐又比我年長許多，所以我的童年，還算是受到保護的。但越受保護就越膽小，而且因為沒父母又住在天台木屋裡，那時的我是十分自卑的。離開了哥姐和鄰家的小孩，在學校裡的我是常被孤立和欺負的孩子，所以那時最害怕上學，也最怕與同學交往；十三年後的今天，姐說我那時是患了自閉症。

Chapter 3

伊林

我是個簡單的女人，二十歲就結婚，但沒有戀愛過，丈夫是工廠的少東，既然他看上我這個平凡的女子，我也樂得有個富有丈夫。我還有一個孩子叫小丙，今年十歲，他其實並不叫小丙，他叫浩明，但妹妹說看見他的樣子就認為他該叫小丙，於是我們也一直喚他小丙。

　　說起這個妹妹，她是一個奇怪的女孩子，名字叫伊玲，是爸媽最後的一個孩子。她小時候爸就死了，她十二歲時，媽也死掉。比較起她，我還算是幸運的，我年長她八歲，爸在我九歲時才死，媽死的時候，我已經二十歲，總算曾經受過父親的教導和媽媽的保護。我常覺得伊玲是不幸的，因為她從不知道父親是怎樣的，也沒多嘗過父母的愛；而且在母親死後不久，我就結婚了，那時她才十二歲，沒人照顧，我總覺得自己是虧欠她的。

　　媽在彌留的時候，對我說：「我最不放心的就是伊玲，她還小，你們幾個哥姐要看顧她，尤其是你，她和你最投契，你搬出去住，結了婚也要帶著她啊！」

我聽了只是哭著點頭，但不久我結婚後，因為丈夫反對，我遺下了伊玲，這是我覺得最虧欠她的地方。我想補償，但伊玲沒給我這個機會，由中二開始，伊玲就去幫人補習，在學校裡又申請到減免學費，所以沒有向我們要一個錢。

　　她讀中五那一年，興高采烈的回來告訴我，當天班主任調查他們有多少零用錢，她竟然是全班零用錢最多的一個。誰會想到，一個沒父母的女孩，靠著自己替人補習，竟會是零用錢最多的一個！

　　預科畢業之後，她考進了中文大學，讀的是冷門的藥劑師專業，學費不便宜，她向我借了一萬元，但第二天就還了給我，她說她是班中唯一一個全家收入是負數的，所以申請到許多獎學金和貸款，有許多她沒申請過的獎學金，學校也特意給她。

　　她就是這樣的一個人，好像從來不需要別人幫助似的。

昨天我到書店，買了一本關於小孩子成長心理的書，這本書本來是為小丙買的，但其中有一章是關於自閉症的，當中許多自閉症孩子的病徵，是童年甚至成年的伊玲具有的。

　　還記得小時候我們一家人外出，那時正下雨，我們幾個人擠成一堆爭雨傘，小伊玲卻穿著紅色的雨衣走在我們前面，用紅色的水鞋踏著水氹，自得其樂。

　　伊玲從不表達她的要求和感情，每一件事情，她總是獨個兒做好；甚至她在外面遇到很大的困難，也從不在哥姐面前說。從沒見她有甚麼要好的朋友，總是躲在家裡，小時候愛浸水，常常一整天就用玩具酒杯一個人玩過夠。長大之後，她的唯一愛好是玩她用好幾萬買來的顯微鏡，整天看，問她看甚麼，她說在看水——一滴水。

　　大學畢業之後，她一點也不著緊找工作，我便把她拉到我丈夫家族開的藥房裡當藥劑師。

她的生活彷彿是自給自足的，彷彿完全不需要其他人，然而，這只是她的外在，實在不能知道她心裡想些甚麼。

　　她童年時沉默寡言，不太喜歡和其他孩子一齊玩。一個人的時候，她最喜歡閉一隻眼睛，將兩隻手的手指放在眼前扮拍照，又喜歡扮騎單車亂衝亂撞。她不撒嬌，不黏人也不愛哭，偏食，只愛玩一種玩具，別的玩具從來吸引不到她，她很少表達自己喜怒哀樂的感情，和其他小朋友很難溝通，就算被其他小朋友欺負也不理會，在緊張的時候她會掩著耳躲開⋯⋯這一切一切，也是自閉症小孩的病徵。

　　最可怕的是自閉症的孩子多伴有自毀傾向，天冷不懂加衣，手割傷流血也不叫痛，他們習慣衝向車輛頻繁的街道，喜歡沿著陽台或窗沿行走。太可怕了，最致命的是這種病會延續到成人階段，影響他們的社交，長期沉浸於不實際的幻想世界中。患有自閉症的成年人能夠過正常生活的，只有百分之五！

許多患了自閉症的成年人還伴隨有癲癇、痙攣、精神病、低智能、不能照顧自己等病徵，幸好伊玲並沒有這些症狀，而且可以照顧自己，看來，她是有機會治好的。

我帶了這本叫《自閉症與教育治療》的書，到伊玲的小套房找她。沒擔心她不在家，因為她極少外出，她又在看她的顯微鏡。

「又在看水？」我問。

「知道還要問。」她答。

「水有甚麼好看？」

「水裡面有許多微生物，有幾億萬種，而且各有不同的形狀，好漂亮。你要不來看看？」

「伊玲，我懷疑你患了自閉症。」

「你發甚麼神經？」

「真的，你看看這本書。」

她瞥一眼，不理。

「我說給你聽：自閉症——Autism——一詞早在1913 年布魯勒醫師用以解釋患有精神分裂病的成人患者所見有極端孤立而無法與人溝通的精神失調問題。這類病人過去曾如正常人般融入社會，卻突然不再與人交往，完全陷入極度專注的孤立狀態。」

「我過去可沒曾如常人般融入社會啊！」

我沒理她，繼續：「自閉症的人有下面特徵：

1. 極端的孤獨，缺乏與別人情感的接觸。

2. 對環境事物有要求固定、保持不變的強烈欲望……嗯，看你不出去找工作，一幹 freelance 翻譯就幹了四年就知道了。

3. 對特定物有特殊偏好，且以極精細動作玩賞這些物品。這就是指你的顯微鏡和你那些髒水。

4. 沒有語言或雖有語言，但似乎不是用來與人溝通的。你啊！就是這樣。」

她終於好奇跑來看看，說：

「這些病徵，我真的全有了啊！」

「就是，所以我擔心。」

「會有甚麼不良影響嗎？」

「最主要是影響生活和人際關係，還有，你的將來、你的愛情。」

「那也沒啥嚴重啊！」

「甚麼不嚴重，二十四歲了還沒男朋友，簡直是病。」

「但她的病不是自閉症。」說這句話的，是住在伊玲隔鄰的青青，她有伊玲家的鑰匙，常一聲不響地溜過來，原來她一直在聽我們的對話。

這個青青，是個 lesbian——女同性戀者，我常覺得她對伊玲虎視眈眈，也曾懷疑過伊玲是不是跟她一樣，是個 lesbian，但伊玲堅決否認，我只好相信她。

青青說：「她不是自閉症，只是『愛無能』罷了！」

愛無能？甚麼新名詞？我倒有興趣聽聽。

她就是這樣的一個人，

好像從來不需要別人幫助似的。

Chapter 4

青青

不錯，我的推斷錯不了，伊玲患的是「愛無能」，這是我創作的名詞，對一些條件好的對象，雖然有愛的衝動，卻沒有愛的能力，這就是「愛無能」。

　　和伊玲做鄰居兩年，從沒看見她有男朋友，她面對高質素的男孩子也絲毫不動心，她一定是患了愛無能。

　　伊玲的姐姐伊林似乎對這個我自創的新名詞很感興趣。

　　「甚麼叫『愛無能』？愛無能有甚麼病徵？」

　　「就是見了想愛的也不能愛，不是不想，是不能夠，沒能力。」

　　「伊玲真是這樣嗎？那要拜託你多留意她。」

　　「我一定會的。」我說。伊玲狠狠瞪我一眼，她拿我沒轍。

伊林臨走時，拉我到一邊說：「妹妹可不是像你是同性戀，但你與她毗鄰兩年，也是朋友一場，幫她找個男朋友，我請你吃飯。」

「OK，包在我身上！」

我才不在乎她那餐飯，我知道她一直以為我是lesbian；這是我工作的時裝店裡一個店員因為偷店裡的東西被我揭發，在被辭退之後，在街坊之間對我作的惡意中傷。可恨的是很多人都相信，包括伊林，她常怕我帶壞她的妹妹，但她真孤陋寡聞，同性戀不會傳染。

打從第一次看見伊玲開始，我知道自己喜歡和她做朋友。論美貌，比起我這種每個人也稱讚的漂亮，她一點不算甚麼；論穿衣的品味與趕上潮流，她也及不上我的萬分之一；論談話社交，她和我無法比較，因為我的社交圈無限大，她的等於零。

然而，她有一種不屬於這世間的美，彷彿不吃人間煙

火；第一眼看見她，我想她在另一個星球會被認為是一個絕色，只是在地球人的俗眼中，看不見她的美。而我，可能是那個星球來地球的非法移民，所以我感受到她那種非凡的美。

我常常感到奇怪，她沒有男朋友，更幾乎沒朋友，到底她懂得人際關係、懂得愛嗎？於是我斷定她是「愛無能」，直至有一次我問她：

「有沒有人曾經令你心動過？」

「有啊！」我以為她會避談，誰知她答得輕鬆，「但我有特殊構造，每個令我心動的男孩子，不會讓我想他長過十五秒，十五秒後，我又不自覺地想別的事情了。」

我又問：

「真的沒有男孩子令你思念？」

「令我心動時間最長的男孩子也不過十四秒，有甚麼

好思念？」

「我看你是接觸得水裡的黴菌多，壞了腦。」

「就算真是有病，那不好麼？不會被愛情糾纏，那就不會受苦。」

「人沒有了愛的能力，還做人來幹嗎？」

我這一說，令伊玲陷入了深思，她似乎從未想過這個問題，如今被我這麼一說，陷入了深思之中。

我看見她煩惱的樣子，心裡難過，對她說：「也許那個令你心動得長過十五秒的男孩子未出現罷了。」

「他也許永遠都不會出現。」伊玲說。

我也有這個憂慮，所以這次在伊林離開之後，我又和伊玲聊起她的病態來。

她還是很煩惱的樣子，問我：「你認為我真是患了自閉症嗎？」

　　「那也不一定，」我拿起那本叫《自閉症與教育治療》的書來看，「但書裡面說自閉症患者的症狀你有了八成啊！」

　　「那怎辦？」說完她又自圓其說：「也沒怎辦，大不了做個正常人眼中的不正常人罷了！人人都喜歡說別人有心理問題、有心理病，其實誰的心理沒有問題？只要不對別人的人身安全構成威脅就沒問題了。說人有心理病，只是一些無聊的人看見別人的行為與自己不同，因而感到不安，捏造些名目來黨同伐異罷了。」

　　認識伊玲這麼久，她從來沒有被一個問題困擾多過十五分鐘，十五分鐘之內，她就可以分析問題自我解答，然後，就像這個問題從沒出現過一樣，過後她連記憶也沒有。說伊玲是個沉默的人其實也不然，她常常有獨到精闢

的理論要發表，言簡而意賅，只是要遇到知音人——像我，她才會表達出來。

記得初搬來不久，尚未很熟絡的時候，我告訴她街坊都說我是lesbian，她頭也沒抬就說：「只是些流言罷了！」

說得太好了，那一刻開始，我對伊玲更是另眼相看，我想她那異樣的美，可是來自她的智慧，她那個星球，一定是十分注重智慧的美好星球。

一個問題解決，另一個問題又泛起了，伊玲皺著眉說：

「我明白也沒用，我姐可不明白，她可是十分擔心我呢！我要做點功夫，令她以為我在努力改變中才可以。」

誰說伊玲不明白、不理會別人的感受？伊玲可是十分關心她姐的，只是伊林不懂得她，而且不懂得欣賞她。

「那交個男朋友給她看吧！」我說。

「這太委屈自己了。」

「那養隻公貓也可以。」我說著玩的，誰知伊玲聽了眼睛閃亮，她說：

「我可真想養隻貓。小時候，有一次我看見隔壁的貓打翻了鳥籠，把籠中的鳥兒弄死了，我走過去看的時候，光線折射，彷彿看見貓的眼中有一滴淚水。從那時開始，我很好奇，貓究竟會不會流淚？貓兒眼淚的成分是怎樣的？跟人的眼淚有沒有不同？真想拿來放在顯微鏡下看看。」

她真是愛水愛得走火入魔了，有哪個人會愛一個喜歡在顯微鏡下看髒水的女人？

一天之後，那是伊玲的生日，我在領養小貓的群組中領來了一隻黑白相間斑紋的小貓，在伊玲生日的第一個十二點送給她。對於她想要的東西，我是會千方百計令她獲得的。

踏正十二點，我按了伊玲的門鐘，然後跑開，伊玲出來開門，看見裝小貓的藤籃，聰明的她一看見就知道這裡面是一隻貓，同時知道是我送的，她嚷：「青青，出來。」

我跑出來，她說：「謝謝你！」然後不理會我，將小貓抱進屋裡，我拿著藤籃跟在後面。

小貓一落地就蹦蹦跳，在屋子裡東嗅嗅，西抓抓，忙個不停。

我說：「給牠改個名字吧！」

伊玲說：「是青青送的，就叫青青吧！」

我反對，伊玲突然想起一件事，叫起來：「這樣吧！我以前看過一部電影，說西藏的喇嘛轉世時，人們就拿幾樣物件出來讓轉世靈童挑，我們也用這辦法，小貓挑中哪一件，就以那物件命名。」

伊玲拿來一個多啦Ａ夢公仔、一個杯、一本雜誌和一個壁球。我知道她想小貓挑多啦Ａ夢公仔，她想小貓叫多啦Ａ夢，她這是假民主。

但小貓看見每一樣東西也沒興趣，甚至跑過來抓抓嗅嗅的興趣也沒有。伊玲無奈地翻開雜誌看，翻到某一頁時，小貓突然俯衝進來，停在那一頁上不肯走。我和伊玲千辛萬苦把小貓移開，看見那頁雜誌上有一隻小老虎的相片，模樣跟這小貓有六、七分相似，最像的，是額上的 M 字紋。

　　「就叫牠小老虎吧！」我說。

Chapter 5

不先生

我是一隻黑白相間斑紋的小貓。生下來之後，我和幾個貓兄弟被一個老人從元朗帶到旺角，由一個叫青青的女孩子帶走。這個女孩子很高大，很漂亮，走在街上，許多男孩子向她投來愛慕的目光。啊！在目迷五色的城市中，我要有更好的定力。

　　我知道這個叫青青的女孩並不是我的主人，因為我與她的緣分很淺。聽說她是一個超級貓奴，非常愛貓，常常去做貓義工，餵流浪貓，帶牠們去看獸醫，又幫人領養貓。聽說她沒有自己領養我的意思，她帶我回家之後，並沒有把我從藤籃中放出來。她家中養了一隻叫塞斯克的黑貓，牠走近藤籃嗅了幾嗅之後，就走開了。

　　等了幾個小時，到晚上的十二時正，青青拿起藤籃，把我搖搖晃晃的帶到隔鄰，然後按門鈴。她將我送給她的鄰居伊玲。門開後，伊玲高興的把我帶進她的房間裡，然後打開藤籃把我放出來，第一眼看見主人，我知道自己和她有很深的緣分。

離開了藤籃之後，我第一次以有人養的貓的身分在屋裡奔跑，貓跑起來可以比人輕快輕便，因為貓有四隻腳嘛！雖然跑起來比較輕快輕便，但我討厭自己四隻腳趴在地上的樣子。

在我蹦蹦跳的時候，兩個女孩子要為我改名，我當然不想叫青青。她們拿出幾樣物件來叫我挑。喂，這是西藏人找轉世靈童才用的方法，我又不是靈童，頂多是隻靈貓而已。

當然，我不想叫多啦 A 夢，那是另一隻藍色貓的名字，我也不想叫杯叫壁球，當然更不想叫週刊，這些東西是要來做名字的嗎？這是在耍我吧！我身體中有貓的高傲傳統，我連看一看、抓一抓、嗅一嗅的勁兒也沒有。

伊玲看見我不理她，只好無奈地翻雜誌，然後，我看見那一隻模樣跟我的兄弟相像的動物，我拚命撲過去，想看清楚，然後，我就為自己選了名字——小老虎。

此後，我要在這屋子裡安居樂業，我察覺在這溫暖安逸的小屋子裡，沒有接觸其他同類的機會；於是我每天在屋子裡跑跑跳跳，為的是要令自己保持活躍，我常用時速150公里的速度向屋子裡的傢俱俯衝，令一切物件都被破壞。

另一個令我這樣活躍的原因，是我的主人太靜了，她每天只是在翻譯文稿，更大部分的時間是用顯微鏡來看水——多奇怪的嗜好。

為了與她的自閉作出平衡、抗衡，我就得更加活躍了，不然這屋子會變得死寂。

她任由我亂衝亂撞也不理我，有兩三次我撞倒了她的花瓶，她也沒理我，繼續看她的顯微鏡，看來我們還真投緣。

但是我知道，我可以摔破她家中的碗和杯子等一切可以打破的東西，但不可觸碰她的顯微鏡，那是她的命根。

假如有一天我會摔碎她的顯微鏡，那一天，就是我們緣盡分別的時候。

也許因為我在家裡亂衝亂撞，伊玲把我帶到她工作的藥房，令我變成了一隻藥房貓，又稱為貓店長。

藥房的店員都對我很好，來藥房買東西的客人也很喜歡和我玩，有些還會買些零食和玩具給我。

我也樂於在藥房可以更自由到處跑，我會跑到藥房隔壁的兩餸飯店，飯店的姨姨很歡迎我，有時會給我魚吃。我喜歡睡在餐桌下的罐裝汽水上，在那裡打個盹，休息完再去玩。

我也喜歡到隔壁的一間時裝店，那裡的店員姐姐打扮很漂亮。我喜歡躲在衣架下，有時我抓抓衣服，甚至抓那些有毛毛的衣服，店員姐姐也不會罵我。

我也喜歡探險，間中會走到藥房旁邊的小巷子，那裡

雖然有污水、有垃圾，有點髒，但是也有機會遇上小老鼠，那是我大展身手、發揮貓的本能的好機會！

可是當伊玲發現我跑遠了、很久也沒回藥房，她就會出來找。她雖然給我自由，但還是會擔心我的。

有一次，我因為拉肚子，主人把我帶到寵物醫院，醫生說我吃了髒東西，吃壞肚子了，叮囑主人小心一些，不要再讓我吃到髒東西。

我真的變成一隻病老虎了，躺在主人的床上不能動，甚麼氣力也沒有了，不能再亂衝亂撞！

那幾天，伊玲把我留在家裡，她也請假陪了我一整天，看顧我。

她問我：「你在哪裡吃到髒東西？是在兩餸飯吃了變壞了的魚？是在時裝店吃了那些衣服上的毛毛？還是在後巷喝了髒水或者咬了小老鼠？」

我想告訴她：是我貪玩偷喝了她放在顯微鏡旁的水，不要冤枉藥房的鄰居。

　　她不停的問，但我怎能回答她呢？我連搖頭、點頭的氣力也沒有了。

　　「也許是因為在藥房裡許多人摸你、跟你玩而傳染的，近來疫症傳播得厲害，你不要再跟客人玩了，我還是不要帶你到藥房比較好！」

　　我聽了這句話，用盡全身的力氣叫出一聲「喵」。

　　她知道我是反對的，我喜歡到藥房玩，把我留在家中一定憋死悶死！

　　「帶你到藥房也可以，但是你要戴上貓帶，不可到處去，也不要跟客人玩。我會在門口用裝 tempo 紙巾的紙箱給你留一個位置，讓你還是可以看到街上，但你不可以到處跑，也不可以跟客人玩！」

三天之後，我終於病好了。伊玲上班的時候，在她出門前，我不斷在她的腳前轉，甚至用手抱住她的腳不放，她知道我想跟她到藥房上班。

　　她拿出貓帶綁在我的胸前，原來她是早有預謀的，一早買好了貓帶。

　　哪裡有老虎是用貓帶綁著的？我不斷掙扎。

　　可憐的我，自從那天開始，就被貓帶綁著。幸好那貓帶的繩子很長，伊玲會把貓帶繫在最大瓶的滴露上面，我雖然氣力不小，但也扯不動那瓶最大的滴露，只好乖乖的在藥房裡幾十呎範圍內走動。

　　伊玲也會把我放到藥房門外放包裝紙巾的紙盒上，讓我曬曬太陽，看看街景，但是不能跑得遠。一天裡只有一兩個小時，就是下午街上沒有那麼繁忙的時候，才解下貓帶讓我出去逛逛。這時我就可以到兩餸飯餐廳和時裝店去找老朋友玩。

來藥房買東西的客人還是喜歡跟我玩，還是會摸我的，給伊玲看見了，她就會緊張地跑出來叫：「不要摸牠！牠容易生病，醫生說牠抵抗力差，不能抵抗外來的病菌，請不要摸牠！」

但是，客人在伊玲忙於工作時，還是會偷偷和我玩，讓她看見了，只好大大地嘆口氣。

之後，奇怪的事發生了，藥房裡凡是我會去的地方，也會貼上「不要摸我！Don't touch！」的貼紙，貼紙還是螢光黃色的，又大張又搶眼！無論我走到哪裡，這張貼紙就貼到那裡，務求讓所有來藥房的客人都看得到。

一個店員曾經抗議，說：「整間店也幾乎貼滿這種螢光貼紙，這些貼紙比商品的價錢和商品名稱的貼紙還要多、還要搶眼，這間藥房是賣藥還是賣貓的？」

「當然不賣貓，所以不准觸摸，這間藥房不是買藥送貓的！」主人不悅的說。

想抗議的藥房店員也無言以對，只好就範了。

奇怪的是自從主人把「不要摸我」的貼紙貼滿藥房之後，反而更多人來跟我拍照，還給我改了一個名字叫「不先生」，說我的名字是「不要摸我」，所以我是不先生！

我的相片也漸漸常常出現在貓店長群組裡，彷彿成了一隻網絡紅貓。

因為我常常被主人綁著限制自由，所以我的表情有點憂鬱，因此那些來藥房的客人說我是「貓界梁朝偉」，是貓界憂鬱小生。

「貓界梁朝偉」的名字漸漸響亮，來跟我拍照的人真的絡繹不絕，有些會偷偷摸摸我，或者趁我離開藥房範圍、離開主人的視線時偷偷和我玩。我也會在他們的腳前轉來轉去，我是喜歡人的，我不是憂鬱小生！

這些客人牽動了主人的緊張神經，主人甚至會跑出藥房看看誰偷偷摸我、偷偷和我玩。

有時我會擔心這情況會不會讓主人對人的戒心更加提高？甚至想連人帶貓一起躲在洞裡不出來，才覺得是最安全的。

為了與她的自閉作出平衡、抗衡，我就得更加活躍了，不然這屋子會變得死寂。

Chapter 6

伊玲

這個顯微鏡，是我在大學畢業以後，拿第一季的薪金去買的。雜誌社 freelance 翻譯員的稿費要在第三個月才開始算，我拿了三萬多元，就買了這個顯微鏡。這個顯微鏡相當精密，還有許多配件，是從德國訂回來的。

　　這是我二十多年來的心願，買一個很好的顯微鏡。這些年來本來我可以用大學獎學金的錢買一個普通的顯微鏡，就是中學實驗室用的那一種，但我要的是最好最好的，於是就等這一個，替我訂的公司說那是化驗所專用的型號。

　　買顯微鏡來做甚麼？當然是用來看啊！看甚麼？用來看水！有甚麼好看？水中有許多有趣的微生物！你知道嗎？大海的水、溪澗的水、河流的水、水塘的水、水喉的水、溝渠的水、雨水、葉上的水珠……是完全不一樣的，不同的水中有不同的微生物，不同的微生物有不同的形狀和特別之處。

　　水裡面的微生物有許多種，分為細菌、原生動物、真菌和微型後生動物四類，其中我喜歡細菌中的膠菌，牠的

菌體被膠狀物質包著，形成手指狀、樹狀和雲狀，在顯微鏡下牠很漂亮、很有趣。

你知道水是會生長的嗎？不是微生物在長，是水在生長，微生物在污水中異常地繁殖的時候，會令到水中的沉澱物不能沉凝，令水出現膨脹現象，所以一池髒水，沒再下雨沒再加進水，也會自己膨脹溢出的啊！

水也會因為微生物而改變顏色，例如藍藻在水中爆炸性繁殖，會形成塊狀漂在水面，水就會變成藍綠色，水的這狀態有個很好聽的名字，叫「水華」。對生態構成很大禍害的「紅潮」也是這樣形成的，只不過是不同的藻類，令水變為棕紅色。

買了顯微鏡之後，我最想看的是小時候住的屋子外四周圍的水，水缸中的水、令我生香港腳的沖廁水、和隔壁男孩假裝對飲的雨水，裡面究竟有甚麼呢？

在污水裡面，我見過大腸桿菌、沙門氏菌、縧蟲和蛔蟲，好可怕啊！但也很有趣。

知道嗎？大腸桿菌其實是無害菌，由牠能夠生活在健康的腸道中就可知道。

沙門氏菌是小型菌，四周有毛，而且有很特異的色素，會組成紅色菌落，很容易被認出來。

縧蟲全身能夠吸收和積存維他命 B12，能令寄生在身上的那個人貧血。牠一天能產三至六千個卵，很驚人。

這些是我小時候四周的水的真面目，可怕嗎？我覺得很有趣，每一滴水也有不同的內涵、不同的面貌，沒有一個人的內涵比得上一滴水。

姐每次來我家，總嘮叨我在看顯微鏡不理她，她總是嚷：「看甚麼呀你？」

「看水。」我答。

「水有甚麼好看?」

「水裡有許多微生物。」

「有甚麼微生物?」

「蛔蟲呀,大腸桿菌呀,沙門氏菌呀……」我故意嚇唬她。

她大驚:「這有甚麼好看?很髒的呀!說不定你就是這樣感染上自閉症。總之太可怕了,你最好不要看。」

「這是我的人生樂趣啊!」我扁嘴。

姐姐終究是姐姐,我怎樣才能令她覺得顯微鏡下的微生物不可怕呢?得想辦法才行。於是令我大學畢業後第二次大破慳囊,花兩萬多元買了攝影器材。雖然不太懂得攝

影，但我要將水中的美麗拍下來給姐姐看，給青青、小老虎、塞斯克和所有人看。

雖然我不懂得攝影，但天下間沒有恆心和毅力攻不破的難題，我成了顯微鏡攝影專家，然而對其他物件的攝影仍是一竅不通。

顯微鏡攝影最重要的訣竅，是倍率的選擇與設定，最好不要過分要求放大的倍率，通常接物的倍率設定在四至十倍較適當。

顯微鏡攝影的奇妙特性，就是肉眼看來平凡無奇的東西，在顯微鏡中，卻會呈現出神秘而美麗的圖案，即使一般人也能簡單地拍出亮麗色彩的照片。

顯微攝影所需的器材，只需要準備兩片偏光鏡，以及亮度較長的光源就可以了。

因為第一次的作品是拍給姐姐看的，因此我安排了平常人比較容易接受的海水中的珪藻和海星幼蟲來拍。拍攝這些浮游生物，要先用吸管從海水中吸出水，放在別的清水中，然後夾在顯微鏡專用的玻璃薄片中，就可以開始拍攝。

　　因為浮游生物多是無色透明的，所以要用有色彩的濾光鏡插入顯微鏡集光鏡下方拍攝，這種方法可使光線變成藍色，成為主題的背景。

　　幾經辛苦拍出珪藻與小海星底片，我戰戰兢兢地拿去沖曬，沖曬出來的效果很好，第一次的成績算很不錯了。珪藻因為有許多種類的形態，所以拍出來的圖像千變萬化。海星幼蟲有奇異的形狀，長大一點時身上會長出突起物，姐說牠的樣子像外星人。

　　第一次的成功，令我在顯微鏡下看水的狂熱，轉變成拍攝顯微鏡下微生物的狂熱。我拍出最好看的蛔蟲、大腸桿菌、沙門氏菌，人們拿這些美麗的相片來看時會問：

「這是甚麼星體？還是甚麼外星生物？」

我會說：「這是你腸裡的沙門氏菌。這是你腸裡的蛔蟲。」

說不定有一天，我會開一個水中細菌攝影展。

我最常去沖曬照片的是藥房隔兩條街好旺角中心那間有數十年歷史的舊影樓。雖然現在已沒有甚麼人會沖曬相片，但是，我喜歡把細菌的相片放大沖曬，然後慢慢欣賞。隨著沖曬相片的次數越來越多，我也跟店主有點熟絡了。這店主不只經營這間影樓，旁邊的那間寵物用品店也是他開的，於是我也有去幫襯他的寵物用品店，有時也會問他關於養貓的問題。

有一天，我去取相時，店員告訴我有人找我，然後，我看見了他……

Chapter 7

米其奧

在美國首都華盛頓的國家地理學會大廈，十幾位攝影愛好者正擠在八樓的一個房間中，大廈裡的員工大多已經下班，只留下一些警衛和加班趕工的編輯及製作人員，還有一班帶來了自己作品的攝影愛好者。

他們擠在一個訪客投影室裡，牆邊放著幾部幻燈機，另一面牆有一個銀幕，中間是十幾張椅子，攝影師們利用這個難得的聚會來享受他們特有的一種娛樂。

這是一場「幻燈片派對」，你要帶來一盒自己的三十五厘米幻燈片，如果喜歡可外加一瓶酒。其中，有人踢掉鞋子，坐在地毯上，有些人坐在椅子上，然後幻燈機亮起，室內的燈光關掉，一場彼此切磋欣賞的角逐開始了。《國家地理雜誌》的攝影師們，正在放映他們自己的作品，他們不是給讀者看，也不是給編輯們看的，而是，彼此觀摩。

我是《國家地理雜誌》的特約攝影師 Michael Poon，我初為這家世界知名的雜誌社工作時，參加過一位名叫安東尼·史都華的前輩的告別酒會，在酒會中，他告

訴我：「我在這裡待了四十二年，四十二年也過得很愉快。可是我要告訴你，如果要我重新來過，我絕不幹這一行。我有一個兒子，別說認識，我連見也沒見過他。」

他還說在這裡工作的攝影師大都是離過婚的。那時我只有二十四歲，我全不介意他所介意的一切。

我四歲就隨家人由香港移民到明尼蘇達州居住，從小就喜歡去自己以為沒有人去過的地方。在颳起暴風雨的時候，我總會說服母親帶我出門，駕車載我去草原，然後由我自己一個人找路回家。我享受做冒險家的感受，覺得放開一切依靠與憂慮，才能找到真正的自信、真正的安全感。

爸爸是一個攝影愛好者，我在十二歲的時候，跟本身也是剛起步的父親學拍照。兩個人一起拍攝家居附近，一起在花園和雪地之中找新花樣、新景物。我們在地窖裡做了一間黑房，利用晚上的時間沖曬底片。如果我沒法熬到沖曬完畢，第二天起床就會在床邊看到沖曬好的相片。

在大學唸書的時候，我選了些自己以為得意的作品，寄到《國家地理雜誌》，因為沒有包好，當攝影總監巴布·吉爾卡拆開包裹時，一張張相片全飛了出來，散滿一地，他和幾個攝影師一張一張地把相片撿起來。雖然那些相片拍得並不是很好，但包得不好的包裹卻給了他們深刻印象；兩個月後的暑假，他們僱了我做暑期見習生。

我的第一次任務，是到北極拍攝狗隊拉雪橇。正在零下的氣溫追蹤麝香牛之際，卻看見六隻北極狼幽靈似的在藍色的夕暮下出現。我當時就想，我一定再回來拍攝牠們的故事，這將是我的重要任務。

幾個星期之後，我在田野生物學家陪同之下，回到這處狼的居所，在狼穴附近紮營。漸漸，我已經懂得分辨這些白狼的身分，還為牠們改了名字。三個月之後，狼群對於我如影隨形已習以為常，狼媽媽竟肯讓我伸頭進洞穴拍攝幼狼。這次的拍攝經驗，令我對拍攝野生動物，甚至飼養動物、訓練動物有了濃厚的興趣。

這一次整年的任務，產生了一篇長達十頁的《國家地理雜誌》專文、一本專書和一部電視紀錄片，而我亦成為了這家雜誌社的常用攝影師。

從前，《國家地理雜誌》的信念是「一景道破真實」，漸漸，它的攝影藝術已演化到不光光是寫真，而是要具有攝影師的個人風格，更要有本身的見地。

三個月前，我在雜誌上看到一位攝影師朋友茱蒂·考布於一九八九年在香港九龍，拍攝一位造麵師傅守在他麵粉四散的斗室幹活的相片，我想，香港現在一定有許多可拍攝的題材，於是跑回香港來。

因為在四歲時已經離開香港，所以在這裡我沒有認識的親人、朋友。我在旺角鬧市中一間新開的酒店住下來，這間酒店在旺角火車站上面。住在鬧市中，可方便我捕捉這個城市的脈搏。

這個地區附近有許多擠迫有趣的市集，例如廟街、通菜街、花園街等等，還有一個叫花墟的地方，整條街上有許多花。我在這些地方都拍了照片，其中不乏人物照，這個地方有許多漂亮的女孩子，她們注重打扮，卻常是指夾香煙滿口粗話的，美麗的似乎只是她們的外表；而且這個地方的女孩子都很吵，從沒見過她們的口閉上半秒，乘車、等車、走路、看電影、上廁所，甚至是吃東西，也是不停的說說說，說的內容都是反覆而空洞，說了一百句等於說一句。

　　雖然現在人們都用手機拍照，但是我還是會用最傳統、最專業的相機拍照，而且喜歡把拍攝的照片拿去曬相店沖曬，我喜歡拿著實體的相片欣賞。

　　今天，我拿這幾天拍到的相片到位於旺角的好旺角中心的一間曬相店沖曬，上午拿來，下午就沖曬好了。我一張張地看，赫然發現有些不是我拍的相片夾雜其中，這些

都是些奇怪的相片，好像是一些水，許多有幼毛有小腳的，我仔細看，啊！這是水中的微生物，是顯微鏡下的攝影。很奇怪，每一張相片也拍得很好，不是技術好，而是每一張也拍得有感情，看得出拍攝的人對這些微生物很有感情。

奇怪，我對這些相片愛不釋手，更想認識拍這些相片的、對微生物很有感情的那個怪人。

我對店員說：「這些相片不是我的。」

「一定是調亂了。」他邊說邊拿相片出來看，然後「哦」一聲道：「這是微生物啊！放心，她每天也來一次的，等她來後就可以和她換回你的相片。」

「發生甚麼事？又出了甚麼亂子？」

從曬相店旁的寵物用品店跑來一個男子，他還拖著一隻白底虎紋貓。虎紋貓身上穿了一件粉紅色的衣服，綁上黑色的貓帶，既神氣又可愛。

店員告訴他是把相片調亂了，那人說：「下次可要小心一些！」接著他便轉過來跟我說：「這位先生，對不起，我們會儘快找回另一位客人，跟你調回的！」

　　「請問你是這間曬相店的店主嗎？聽我爸爸說這間店的歷史有三、四十年了，店主應該不會這麼年青吧？」我問。

　　「這間店是我爸爸開的，原本佔了這商場的四個單位，本來是影樓，從前很多人喜歡來這裡拍全家福、見工相、大學畢業相，甚至結婚相，曾經盛極一時，當時可有名呀！你爸爸是老主顧吧？」

　　「我爸爸也是攝影愛好者，他常常把相片拿來這裡沖曬。爸爸曾有好幾年回到香港工作，他說跟店主是老朋友了，所以我這次回香港，他也囑我專程來看看，看看店舖是否還在。」

「店舖還在。你也知道現在沒有人會拿相片去沖曬的了，在我爸退休後，我也不想把店關掉，那是爸爸幾十年的心血，所以我把這間店縮成只有一個單位，另外三個單位我就開了寵物用品店。我沒有爸爸那麼喜歡影相、曬相，我只喜歡養貓、養狗，所以開了這間寵物用品店。」

「牠叫甚麼名字？是女孩還是男孩？」我指著小貓問。

「牠叫傻傻，是男孩子，很英俊吧？」

「對，很英俊！我喜歡養狗多一些，但是也不得不說這隻貓很可愛，是英俊的男孩子！」

「牠可是萬人迷呢！來找牠拍照的粉絲每天排長龍，我也常訓練牠擺 pose，牠是最有人氣的貓店長！」

「寵物店有這隻貓店長一定能吸引很多客人，你還會訓練牠擺 pose？你開寵物用品店也懂訓練寵物嗎？」

「不是自誇，我對訓練寵物可有心得，訓練貓、訓練

狗也是我的專長，我能將野性難馴的貓、狗訓練成最有靈性、最懂聽主人話的寵物！」

「我也對訓練狗很有興趣，我在美國的家也養了幾隻牧羊犬，自從在外地拍攝雪橇犬和野狼之後，我對狗隻訓練更加有興趣，如果日後我年紀大了些，不能再在野外攝影，我希望可以從事狗隻訓練的工作。」

「看來你是專業攝影師吧？有空時幫我們的傻傻拍幾張照吧！牠要參加貓店長先生比賽呢！」

老闆很健談，我跟他很談得來，我們談了接近三十分鐘，然後他回寵物用品店工作了。

他剛走，我便聽到店員嚷：「她來了。」

我循聲看去，看見一個長頭髮，卻用紅色格子布包著頭，打了個結的女孩子，她不是漂亮奪目的那種女孩子，但她由遠而近，整個鬧市的景象卻恍似變成了不是人間似

的，而她，是不吃人間煙火的仙子。有一種美麗，不在皮相之上，而且是沒法解釋的，只有能夠欣賞的人，才會欣賞得到。

她臉上沒有一絲笑容，走近櫃枱對店員說：「你們把我的相片調轉了，這些沙漠和駱駝的相片不是我的，我拍的是沙門氏菌和蛔蟲。」她說這些小蟲的名字時，嘴角泛起促狹的淺笑。

「是啊！和這位先生的相片調轉了，他在這裡等了你半小時哩！」店員說。

她循聲望來，我們的視線相觸，剎那間，地球上的時間恍似停頓了，停在永恆之中。

十五分鐘之後，我說：「我很喜歡你拍的蛔蟲和沙門氏菌。」

她稍稍定過神來，道：「我也很喜歡你拍的沙漠和駱駝。」

「你是顯微鏡攝影的專業攝影師嗎？」

她搖頭，問我：「你呢？你一定是專業攝影師，你的裝扮很像。」

「也算是的，我是《National Geographic》的特約攝影師。」

她聽了，瞪大眼睛，這是世界上很多人聽見這兩個英文字後的反應，想不到她也不例外。

「真的！我可很喜歡這本雜誌的，我可以問你許多問題嗎？」

想不到這個不吃人間煙火的女孩子，卻率直得可愛，我看著她，想著怎樣才可以把她的美在攝影機下表現出來，太難了，這不是意象上的美，而是意象之外、語言之外、俗世間一切事物之外的美，我想，如果有一部心靈攝影機，就可以把它拍下來。

這部攝影機，可能只有一顆珍愛的心可以充當。

Chapter 8

傻傻

我的名字是傻傻，當然見過我的人都知道我一點也不傻。

我是寵物用品店的貓店長，寵物店有了我做生招牌，就客似雲來了。

一個客人說我企定定、雙眼專注地望前方的樣子有點傻憨，就叫我傻傻。

而我的主人一點也不懂維護我的尊嚴，還說傻傻這名字很可愛，就把我改成這名字。

還有客人在貓店長關注組裡為我開了一個專頁，由此我變成了一隻網紅貓，我的主人常常給我看在貓店長關注組裡人們提及我的文字。

明星貓店長關注組帖文

今日傻傻認識新朋友——
黃色毛小貓，可能係貓女。

粉絲亂入

唔捨得金毛小姐。

想跟人返屋企咁喎！

傻傻識下新朋友都好，見佢有啲唔開心！

傻傻今日過咗商場隔籬間
地產舖揀樓！

粉絲亂入

隻貓爪仔指住地產舖櫥窗入面貼住全海景單位張
紙。

你揀啱邊間？

賣咗佢買塊階磚都唔夠！

我覺得呢個物業唔錯呀！買唔買呀？

不先生兼職賣兩餸飯，傻傻兼職做地產貓，帶睇
樓盤。

剛剛見到傻傻一面，佢就
畀人困咗入籠！

粉絲亂入

夜晚困住佢一個？

點解要困佢入籠？

尋晚去到，見到傻傻喺個籠入面，唔畀佢出嚟！

間寵物用品店咁多寵物食品，老鼠都鍾意食，困
住佢點捉老鼠？

傻傻係 MODEL，係寵物店生招牌，圈粉無數，點
會紆尊降貴捉老鼠呀？咪傻啦！

呢兩日我成日聽到有人講：好靚女呀！好靚女呀！傻傻話：我邊度似女仔呀？

粉絲亂入

真係畀佢冧到暈！

男仔點解要著粉紅色衫？

傻傻好靚仔！

相信傻傻仔想識靚女，仲係多多都要。

靚仔傻傻都唔識，有冇搞錯？

明明人家是男子漢大丈夫！

世界貓美男傻傻！

不要肥啊，不然地位不保！

你是最美貓店長第一名！

傻傻眼仔碌碌咁望住我件褸！

粉絲亂入

canada goose，好暖㗎，用嚟墊住瞓正呀！

所以傻傻一啲都唔傻！

可能佢見到有毛就以為係雀，真是貓如其名！

即係你件褸嘅毛毛邊，好可能係真動物毛嚟㗎！

八卦傻傻要識朋友仔！

粉絲亂入

佢有冇蝦人哋，畀人投訴？

佢好鍾意 bb。

傻傻只係想坐 bb 車，每次見到不同款嘅都想霸佔！

佢好鍾意同狗狗做朋友，證明佢當咗自己係狗。

佢好鍾意 bb 仔，上次見到有個 bb 喺車裡面，佢係咁聞，好好奇。

佢好乖㗎，之前我去推住我個細女，大概一個半月大，佢錫我囡囡，仲望住我囡囡瞓，好搞笑！

今日出咗好旺角中心，我由一點三等到兩點九，傻傻先出嚟呀！不過為咗佢，等幾耐都值得！

粉絲亂入

我見到有個阿伯拎住佢自己嘅行李，係咁揮舞，就係想吸引傻傻注意。見到狂迷來勢洶洶，佢視察下周圍環境，就離開咗喇！

排好隊，一個跟住一個！

好難得呀，個個衝住去見佢！

就嚟紅過啲鏡仔呀！

傻傻表示佢都知道自己好紅，不過佢話佢低調啲好！

非法集會！

傻傻 fans 團！

講到好似好睇過去海洋公園動物表演，有得摸又有表演，哈哈！

最近，貓店長粉絲的追星行為更引來很多雜誌採訪，這天，英文報章《南華早報》的記者竟然也來採訪我的主人。我的主人對被採訪感到很興奮，他總是滔滔不絕、口沫橫飛的說個不停。

　　記者問他：「怎麼稱呼你？」

　　「你稱呼我傻傻主人吧！以前客人都稱呼傻傻做老闆的貓，現在傻傻出名了，就輪到我被稱為傻傻主人了！」主人說時一臉傻笑。

　　「聽店員說你對訓練貓狗很有心得。」記者說。

　　「我對訓練狗很有興趣，諸如警犬、導盲犬、救難犬等都有專門的訓練課程，而家犬訓練也相當普及。」

　　「但是，貓可以像狗一樣那麼可訓練嗎？」

「貓和狗本來就是兩種不同種的生物，不應該拿來相互比較。貓確實是可以被訓練的，只要用對方式，貓咪也可以學會很多技巧；至於訓練養成的難易度，端看飼主的心態與方式。要留意的是，畢竟我們面對的是驕傲的喵星人，因此建議不要給予牠們過多的壓力，如果貓咪在訓練過程中自行離開，或者表現出任何不悅，不要勉強你的貓是訓練時的最高原則。」

「傻傻這麼受歡迎，你對訓練貓一定很有心得，認識很多技巧。」

「在訓練的技巧上，飼主要確保每一次的訓練時間短，並且找到貓喜歡的東西，透過時間與耐心，就可以利用食物或玩耍進行訓練，甚至可以增強你喜歡的行為，舉凡喚回、坐下、握手等等，都是可行的訓練項目。舉例來說，在飼養貓咪的初期，建議飼主可以漸進式地幫貓咪做籠內訓練；如果家中貓咪很討厭進籠子，首先我們可以在貓咪

『靠近籠子』時給予零食作獎勵，當貓咪越來越能夠接受籠子的存在後，再慢慢進入讓貓咪『進到籠子』的階段。當貓咪進入籠子時立即給予獎勵，漸漸地貓咪會發現，籠子其實是很棒的空間，也能安心的待在裡面。只要在平時做好籠內訓練，未來隨時要帶出門或搭乘交通工具自然會方便許多。」

「剛才我看到你遠遠地叫傻傻的名字，牠很快就跑過來了，這也是牠通過訓練學到的嗎？」

「這叫喚回訓練，若想訓練貓咪的喚回，可在貓咪靠近時對牠說聲『來』，同時給予零食作獎勵；於餵食正餐期間，則可在準備食物時對貓咪說聲『來』，當牠來到身邊時給予食物，讓貓咪覺得來到你身邊總是有開心的事情發生。在這期間，隨著你與貓咪的距離慢慢拉近，可以嘗試增加喚回的次數。需要切記的是，若將貓咪叫過來後，卻不給予任何獎勵例如零食、玩耍等，前面的努力可能會白費。」

「貓會喜歡被訓練嗎？」

「訓練貓咪有項潛規則——雖然我們的目標是讓貓有良好的習慣，或與飼主有更親密的互動，但於訓練過程中，讓牠們以開心與愉悅的心情去接受訓練，效果肯定更好。訓練守則中最重要的一點是：停止所有的處罰！面對任何動物，我們都不建議使用叫罵、噴水、彈鼻子等直接性的處罰，這些做法不僅無法減少寵物的不良行為，還可能有機會造成牠們的心理陰影，甚至延伸更多行為問題。要知道，一旦貓開始憎惡，往後訓練就持續不下去了！」

「你想訓練傻傻成為一隻怎樣的貓？」

「我想訓練牠成為明星貓、萬人迷。」

「這就可為你這家寵物用品店招徠更多生意了！」

「也不只是為了招徠更多生意，牠更受人歡迎的話，將來我會讓牠成為貓醫生幫助人！但是，首先牠要成為貓明星，有更多粉絲，得到更多按讚。」

「聽說快要有貓店長先生選舉了，傻傻也會參加嗎？」

「傻傻當然要參加貓店長先生選舉，我剛認識一位國際知名的攝影師，他是《National Geographic》的特約攝影師，拍過雪橇犬、野狼，得過許多攝影獎項，請他來教傻傻擺 pose 最好不過了，我也會請他幫傻傻拍一些男神級照片參賽的！」

我的名字是傻傻，

當然見過我的人都知道我一點也不傻。

Chapter 9

伊玲

我從不在街上認識陌生人，也從不帶陌生人回家，今天，我兩樣也做了。因為，我看見他的時候，心臟急促跳動超過十五秒，而且不止十五秒，是十五分鐘！

他說他叫 Michael，姓潘，是《國家地理雜誌》的攝影師。不知是《National Geographic》吸引了我，還是五呎十一吋高的他吸引了我，我對他很有興趣。

記得以前曾經看過一份雜誌一篇有關《National Geographic》華人攝影師的專訪，受訪的攝影師也叫 Michael Poon，我想那是同一個人。

我說：「以前我曾看過訪問你的文章，文章中把你的名字譯成米其奧邦，以後就這樣叫你。」

我沒問這樣叫他好不好，我喜歡這樣叫就這樣叫。

「那你叫伊玲，是不是可以叫你 Eling？」

「不！我沒有英文名字的，我強烈反對，Eling『易拎』的，多不好聽！」

他笑，笑得很好看。

他對我在顯微鏡下拍出來的照片很有興趣，於是我帶他回家看我的顯微鏡，還給他看顯微鏡下的小海星。

一進門口，小老虎熟絡地跟他打招呼，他問：「這是一隻貓還是一隻狗？怎麼向人搖尾打招呼的？」

小老虎的確像一隻狗多點，我常用繩牽著牠到安全的街上散步，牠也常向我搖尾示好。我告訴他，牠叫小老虎。

我請他坐下，給他看我的攝影作品，我很少這樣主動的向人展示自己的東西。很奇怪，他也喜歡看蛔蟲和沙門氏菌。

「有沒有藍藻的相片？我喜歡。」

「有啊！」我拿出自己最喜歡的藍藻相片。

「我今天有空，你教我用顯微鏡拍照片好嗎？」他問。

「你怎會要我來教？」

「拍大自然的相片拍得多，用顯微鏡來拍卻未試過。」

「你先教我拍大自然的相片吧！」

「拍甚麼？」

「拍海、拍湖、拍雲霧、拍雨水。」

「每一樣也不同啊！」

「每一樣也說說看，」這樣他才會逗留多點時間，「拍這些大自然景物的訣竅是甚麼？」

「想拍到好的照片，需要有一雙訓練有素的眼睛、正確的裝備和很大的耐心。」他這樣回答我。

「一年當中，不同的季節會帶來不同面貌和色彩的風景，因此我會在不同季節去看看我要拍攝的風景，看看它有甚麼變化。」

他說大自然景物也有它自己的故事，要好好選擇主題，這種主題要能夠引起人的興趣。他會先去當地的圖書館看看有關當地的資料，也會去打聽一下當地有甚麼傳說，或者在甚麼時候會有節慶、祭典。多跟當地人談天，可以得到很多重要資訊。

還好，我拍攝微生物的照片不用跟牠們談天，但是，牠們也應該有牠們的故事呀！嗯，以後我拍攝蛔蟲和沙門氏菌的照片要留意找個主題。

他續說：「成功的攝影故事，需要強烈的故事結構，就好像電影導演根據劇本拍電影一樣，要選好場景，擬定情節，安排人物角色。」

「真難啊！」我說。

「改天帶你去拍河、拍海、拍雨、拍雲。」

「好啊！改天你帶你的攝影作品給我看。」

幸好他沒叫我去買《國家地理雜誌》看看。

「拜拜。」我和小老虎送他到門口，不知道他還會不會來，小老虎捨不得他。

這一次之後，米其奧來過兩次，有一次青青也在，青青是令人眼前一亮的女孩子，我竟然發現他們在高度和外形上也很合襯，幸好青青是喜歡女孩子的。

這一天，早上起來，推開窗，看到外面天色陰暗的，情緒化的我的心情也立即陰暗下來。洗完臉刷完牙，我就在沙發上發獃。

突然，門鈴急促地響，青青這麼早起床幹嗎？

開門，我看見米其奧拿著三腳架，背著攝影器材。

他說：「我們去拍雲。」

「去哪裡拍？」

「最近的郊野公園在哪？」他問。

「我只懂去城門水塘。」

「好啊！去水塘拍完，再拿些水的樣本回來拍微生物。」

「這天的節目好豐富啊！」我嚷。

穿了運動鞋，我和他乘地鐵去荃灣，再轉小巴到城門水塘。

記得從前讀中學時曾到城門水塘旅行，中文科老師囑我們回來後寫一篇城門水塘遊記，我寫的是城門水塘的水和微生物，作文批改回來，老師在上面批上：不許抄生物課本！

我們到了水塘，拾級上山時，天色很陰暗，還颳著風，但米其奧說這種天空的情景看來很符合要求。

黑沉沉的暴風雨雲籠罩在我們頭上，使天空顯得十分壯觀，而且令天空下的地面陷入黑暗中。

米在草地上將攝影機架設好，希望可以將眼前看到的美麗雲景趕快拍下來，但是今天風很大，天上的雲也移動得很快。

他說，雖然天空看來很壯觀，但是地面光線太暗，無法凸顯出來，即使拍出最好的水準，也會顯得暗淡。他要等光線。

等了二十五分鐘，他看到雲層有一處小破洞，於是決定坐下來等待，看看太陽會不會亮出臉來幫助他。

我和他坐在草地上等，我看著烏雲滿天，說：「會不會下雨？」

他說：「即使下起雨來，也有許多題材可以拍。在近距離內可以拍攝雨水打在水塘上的特寫畫面。下雨的時候，光線狀況和下雨前的天空是一樣的，這時的光線比肉眼看到更藍，但有點暗。」

「雨是透明的，所以比雪花更難拍攝，如果想拍出一顆顆雨滴，就要使用快的快門速度，而且主體要背對較暗的背景。」

「但是，最能夠表現雨中景色的，完全要看你選擇甚麼拍攝主體而定。例如撐傘的行人、穿著長筒雨靴的小孩子、行人道上的水坑、閃閃發亮的馬路，或者在屋簷下避雨的人。這些畫面拍下來，都可以表現出很強烈的雨中景色。」

米解釋得很詳細，令到本來不想學攝影的我，也聽得入神。

這時，太陽出現了，照亮了草地，而且令眼前的景物變得活潑起來。米立即站起來，用三腳架架起相機，拍了幾張近景的相片，然後用一個漸層濾鏡，使天空看來更有變化，同時加上一個暖色濾鏡使田野變得更亮。然後，我和他繼續上路尋找合適的前景。

　　一邊走我們一邊發覺風勢加強了，等到米找到另一處理想的拍攝地點，在我們東邊的天空已經發生重大的變化。天空仍有很多雲，三三兩兩地分散在天空各處。太陽躲在黑雲背後，而且躲得越來越隱蔽了。

　　米在這裡等了十五分鐘，看著天空的變化，他希望烏雲會聚合，結果，果然如他所願，但他必須儘快拍攝，因為這時開始下起雨來，而且越下越大。

　　他拉著我的手，把我帶到不遠處一棵大樹下面，說：「你在這裡避一下，我出去拍暴風雨的相片給你看。」

雨下得很大，米只用膠布遮著相機，自己卻在暴雨下淋得全身濕透。我躲在樹下面，還是被雨打著，渾身打起哆嗦。

　　努力拍照的米打了幾個噴嚏，他是冷著了，我寧願跑出去和他一起冷。我跑到他身邊，他看著我，用空出來的手擁著我，說：「你看。」

　　透過相機，我看見眼前的雨水，雨水灑在地上，急切，但溫柔。

　　米就是這樣擁著我拍了幾十張照片。

　　雨停了，太陽再跑出來，米說：「回去了，淋了雨再曬太陽會感冒的。」

　　我和他回到家，小老虎看見我們濕漉漉的樣子慌忙走避，牠是一隻怕水的貓。

　　米拿底片去沖，我進浴室洗了澡，換了衣服。

● ● ● ● ● ● ●

　米拿著照片回來時，我已煮好了紅茶，為他加了 double cream。我們坐在沙發上看米在暴雨中拍來的相片，小老虎也八卦地走過來看。

　兩個人一隻貓坐在沙發上看相片。

　「輪到你教我拍攝水了。」米說。

　「我們沒有帶水塘的水回來啊！」

　米擠出 T 裇上幾滴水來，說：「這裡有水！」

　我這才發現他身上仍是濕濕的，我說：

　「你也進去洗澡吧，我幫你弄乾衣服。」

　米從浴室頂的氣窗遞出來 T 恤和牛仔褲，我在浴室門外為他把衣服熨乾。

聽著浴室裡的水聲，我想起電影《麥迪遜之橋》裡面，女主角聽著男主角在浴室洗澡時的聲音，幻想他在裡面用她剛用過的肥皂洗擦身體，恍如兩個身體在時空交錯間接觸一樣。可惜我用的是梘液！

　　水聲停了，我把弄乾了的 T 恤和牛仔褲遞進去給他，他穿好了出來，拉我到顯微鏡前面，看看剛從他衣服擠出來的水。

　　「還有你的頭髮上也滴著水啊！」我輕撥他額前的頭髮。

　　我為他調校好顯微鏡的度數，叫他看；

　　「瞧，你身上有虱。」

　　他專注地看，我站在他身邊，他像剛才在雨中拍照一樣，擁著我一齊看。

我問他：「是不是每一個《國家地理雜誌》的攝影師，也像在《麥迪遜之橋》裡面的那一個一樣，在一個地方停一陣子就走？」

　　「那要看你是不是像那女主人一樣，請他喝啤酒？還有，你像女主角一樣，有丈夫、兒子會回來嗎？」

　　原來他也有看這本書，我笑，笑得很開心。假如顯微鏡下的水裡，有一隻會令人癡心的蟲，我會立即捉來放在他身上。

Chapter 10

青青

伊玲是個不習慣戀愛的女孩子，她說這還不算是戀愛，但米才走了幾天，她已經坐立不安了，似乎她還未嘗過等待戀人的煩惱。

我看見她這樣心裡難過，於是決定要硬拉她陪我去台灣，伊玲是個從不出門的人，拉她去旅行真是難事。

「陪我去吧！那邊有一個很重要的會議，是香港和台灣第一次貓訓練員大會喔！你也知道我想成為貓訓練員的，陪我去吧！」

她笑著搖頭。

「陪我去吧！你看我這樣天生麗質，到了台灣要被色中餓鬼吃掉哩！」

她笑得更開心地搖頭，她笑得更開，表示她拒絕得更堅定。

「這次是第一次貓訓練員大會，會有很多前輩來交流，會學習到很多哩！我代表香港愛貓協會去參加，很榮幸耶！」我努力誇大其詞。

她說：「你自己去榮幸吧！」

我還是鼓舌如簧：「為了我的前途你陪我去吧！我這次去是要爭取考寵物貓訓練師的資格哩！」我拿起一份單張，讀給她聽：

「如果您是初級寵物貓訓練師必須參與專業行為課程才能參加認證，初階訓練師需最少不得少於 50 小時的專業課程。考試內容需涵蓋貓的生理、常見傳染病、基礎照護、基礎學習學說、貓的行為發展、社會化、消化行為、運動行為、大小便行為⋯⋯中級訓練師需最少不得少於 50 小時的專業課程，考試內容需涵蓋貓的空間結構、學習學說、正常和不正常行為、侵略行為概論、緊迫和訊號、焦慮和害怕相關的行為、社交行為。高級訓練師需不得少於 24 小

時的專業課程。內容涵蓋貓的侵略行為、覺醒和反應性、緊迫對於侵略的影響……」

「好了好了，不要再讀下去了，你說這些跟我有甚麼關係？」

「怎會沒關係？我幫你領養了小老虎，貓義工會定期來檢視貓的情況和主人照顧貓的資格，你不思進取，不多學習照顧貓和與貓相處的技巧的話，他們會把小老虎取回去哩！」我幾乎用恐嚇的語氣了。

可是，她還是猶豫不決。

「你陪我去不比你坐在這裡乾等一個男人好嗎？」

說著她的痛處，她沉默起來。

「那小老虎怎麼辦？」她幽幽的。

「將牠和賽斯克一併送到伊林處養幾天，一言為定。」我打蛇隨棍上，我知道伊林一定會為妹妹終於肯外出旅遊而出點力的。

於是兩天後，我和伊玲乘飛機去台灣，那是聖誕節的前四天，十二月二十一日。

台灣那邊的貓訓練員選擇了在二十二日開會，我拉伊玲去，她死也不肯，寧願留在酒店看電視。

台灣的貓奴真的很努力啊！我們香港的貓奴也要加把勁。開完會，我回去將這一切告訴伊玲，但她似乎一點也感受不到我的興奮。

看見她這樣悶悶不樂，我不知道是因為她離開了她的顯微鏡，還是思念著米其奧。

我試圖使她快樂起來：「我帶你去貓之家餐廳。」

「貓之家餐廳？」總算引起了她的好奇心。

「貓之家餐廳是幾個貓奴開的，是貓奴出沒最多的地方，店裡幾乎每一個角落都有貓！」

我們終於去了信義路的貓之家餐廳，她的外表像是一家咖啡廳，裡面的佈置很別致，有歐洲中世紀彩繪風格的玻璃，桌上有可愛的小盆景，靠牆壁的書架上陳列了許多討論養貓的書籍，還有一個視聽室，放映貓影片。

我在這裡真是樂而忘返，但伊玲仍是悶悶不樂。我說：「如果是米其奧，他一定喜歡來。」

她臉一沉，說：「那又怎樣？」

我吐吐舌頭，是我帶錯了她來嗎？還是應該由她在香港乾等？她在香港乾等有顯微鏡、相片、蛔蟲、沙門氏菌和小老虎陪，但在這裡，只有我。不行，青青一定能使伊玲快樂起來的，不然我不配做她的仰慕者，縱然不能令她愛我，好歹也要減輕她在等待愛人時的痛苦，愛是一種奉獻嘛。

我搜索枯腸，也想不到好法子。這時聽見鄰桌的人說她剛從九份回來，那裡很有風味。

我問伊玲：「我們也去九份好嗎？」

伊玲無可無不可地點頭，我知道她心裡想：到那裡還不是一樣的鬱悶？

我知道，那不關乎去哪個地方，是關乎和哪個人去了。

我和伊玲到了台北火車站，每人買了張 68 元的票，在八堵轉車到瑞芳，再在瑞芳轉乘計程車去九份。

到九份的時候，天下起雨來，我們都沒帶雨傘，伊玲和我也是不怕被雨淋的人。

進到九份，我們站在最多店舖的「暗街仔」，上面有各種形式的店舖，全部都很有特色，我和伊玲興奮起來，這次沒來錯。

滿街是賣工藝品、手信、佛珠、首飾、民俗服裝的店舖，還有很多賣吃的店舖，有賣烤小香腸的啦，阿婆魚羹啦、芋仔蕃薯、芋粿啦，還有一間叫「魚丸伯仔」的店；我和伊玲也肚餓了，進去各吃了一碗魚丸冬粉，魚丸鬆鬆軟軟的，很好吃，但卻看不見魚丸伯仔。台灣人真奇怪，好好地一條街會叫做「暗街仔」，一個阿伯已經老了，還叫做「伯仔」，賣魚丸的就叫「魚丸伯仔」，真奇怪。

　　九份最有名的是「九份芋圓」，芋圓是用芋頭和蕃薯加麵粉造成的紫色、黃色小丸子，黏黏稠稠的很好吃，我和伊玲又各吃了一碗桂圓湯（龍眼糖水）加芋圓，芋圓很好吃，但一碗有很多，我和伊玲差點吃不完。

　　吃完芋圓，我和伊玲去逛店，伊玲買了月黃色、紫色小珠串成的手鍊。走得累了，這時雨下得更大，我們決定在這裡住下來。

　　來九份多是住民宿，那是居民的住家，劃出幾個房間來租給遊客短住，房間多是和式的，我們選了一間茶葉店

樓上的住房，兩個人才 900 元台幣一晚。房間是和式的，睡榻榻米，房間裡還有一部很大的電視機，但沒廁所，用廁所要走到兩層樓下，因此我和伊玲也不敢多喝水。

九份的人早睡早起，才七點鐘店舖就都關門了，加上下雨天黑黑的，我們都沒打算再出去。

我們住的是頂樓的一個小房間，四面也是窗，外面還有一個天井，主人說明天要是不下雨，就可以在天井看海看日出。

九份是一個臨海的山城，在這隆冬中，北風伴著大雨，打在屋頂上沙沙沙的，風從四面窗戶襲來，呼呼呼呼的，很震撼。在香港，真不會有這種經驗哩！

風從四面窗隙鑽進來，我怕冷，想換到樓下的房間，但我知道伊玲喜歡看海和聽雨，也沒說出來，只好鑽進兩張棉胎造成的被窩中睡好。

睡了一會，被急風暴雨吵醒的時候，我看見伊玲坐在窗沿，打開了點窗在看雨。她看得怔怔的，任由雨水打在臉上。曾經聽伊玲說，她小時候住的是天台木屋，下雨時喜歡聽鋅鐵被雨水敲打的交響樂。我想在這山城九份狂風暴雨的小屋中，能夠讓她重溫童年時的夢。

然而，從側面看她，看到她的眼神是無比的空洞，我想她一定在希望如果米其奧能和她一起在這裡聽雨就好了。

第二天，天沒有再下雨，我和伊玲去看了著名的昇平戲院、九份國小和採金博物館之後，就準備回去了。

我想起九份還有很多很有特色的茶店，如天方夜談、山中歲月、進龍山之戀、悲情城市等，其中以悲情城市最有名，於是就和伊玲去了悲情城市。

悲情城市在一個山路階梯的旁邊，上了數級樓梯，我看見充滿風味的擺設。我們坐下，我要了杯芝麻茶，伊玲要了杯百香果茶。

我想跟伊玲聊幾句，但看見她怔怔地看著外面，只好不理她了，突然她卻轉過頭來，對我說：「我要回香港。」

「回香港也要先乘車回台北啊！而且不知道能否把機票改早。」其實我想說：「回去了米其奧也可能未回來啊！」

伊玲是個很情緒化而且一想到要做甚麼就要去做的人。

我們乘火車回台北，然後馬上打電話去航空公司改歸期，但因我們坐的是泰航，一天只有一班機，伊玲寧願補錢換了華航，於是我們在第二天一早就乘飛機回香港。

伊玲一路上也沒說話，直到坐在飛機上，扣上了安全帶，我看到她飲泣起來。

我想起白先勇《謫仙記》裡的李彤，她是被天帝貶謫來凡間受教訓的謫仙人，凡間的情愛，令她措手不及，她原本是天上不吃人間煙火的仙子，怎懂得面對凡人的情愛呢？

凡人就是這樣糾纏於愛慾之中，為愛情生死，為愛情受苦的嘛！

　　伊玲不習慣愛人，也不知道掛念一個人會這般辛苦。可是凡間每個女人也會受這種苦，而且甘之如飴，但伊玲不會受得慣的。她的辛苦，會比別人的辛苦辛苦很多倍。

　　那個令她心動十五分鐘的米其奧會知道嗎？

Chapter 11

伊玲

青青把我由台灣安安全全的送回家，像從時裝店買了件衣服回去，卻發現不合穿，沒有拆招牌就把衣服放回袋中退回去一樣。我不是她合適的旅遊夥伴。

　　回到家裡，沒有小老虎，牠還在姐處沒回來；原本和青青在台灣過聖誕，聖誕之後姐才把牠送回來，所以牠不在。

　　我坐在沙發上，看著米其奧在暴雨中拍攝的照片，還有我們在顯微鏡下拍的相片。

　　今晚是平安夜，米其奧還在外國我不能太想他。思念一個人，不是我的習慣，他已經打破了我為一個人心動不過十五秒的紀錄，我不想他再打破我的生活習慣，也許我真是自閉症，自閉症的人不喜歡生活中的安定改變。

　　青青又來了，有她在，不能一個人靜下來不開心。

　　「去 Party。」

「去哪裡？」

「蘭桂坊。」

「你知道我不去的。」

「你不去會剩下一個人孤伶伶過平安夜。」她恐嚇我。

「未認識你之前，哪一年我不是一個人度過平安夜的？」

「今年不同，今年你沒有米其奧，也沒有小老虎。」

「認識你之前我也是既沒有米其奧，也沒有小老虎。」

「那你趕回來香港做甚麼？趕回來等嗎？」

我默然，我想我真是趕回來等。我不能開開心心地在台灣度過平安夜，那不如回來等。

青青沒勉強我，她也不會因為陪我而犧牲自己的快樂，她向我說了句 Merry X'mas 就走了。

　　我還是一個人坐著，電話響起來。

　　「一個人嗎？」伊林問。

　　「你呢？也是一個人嗎？」

　　「你的米其奧呢？」

　　「你的網球教練呢？」姐最近學打網球，教練是一個高大英俊的大男孩，姐十年來平靜的心響起了警號。

　　我曾經想對她說：不要不守婦道才好，畢竟還是有夫之婦。

　　「哪有平安夜學打網球的？」

「打網球之外呢？你們沒約會嗎？」我的心情很矛盾，姐在沒有愛情的婚姻中十多年，很難得才動了心，一個女人的青春能有多久？難得遇上心儀的人，然而，她還是有夫之婦，我知道她面對不了離婚婦人的身分，而且小丙未必會跟她。哎，我擔心這些來做甚麼，他們好像還沒開始。

「打完網球一起去喝點甚麼是有的。人家呀，年青貌美的年青女學生一大堆，哪輪得著我這個老女人。」

「別妄自菲薄嘛！」十多二十歲時的姐可是「清秀型」的女孩。

「怎麼樣，用不用我來陪你？」

「不用了，不用你來找我陪。」我識穿她。

「你不掛念小老虎嗎？」

這時，聽見小老虎「喵」的一聲，姐一定在捏牠令牠叫。

「你這是擄貓恐嚇嗎？」

「恐嚇你甚麼？你這貓有活躍症，整天在屋裡打圈跑，常常撞鬆電視的插座，讓我看不到電視節目。」

「牠是這樣的嗎？我可不知道啊！我是不看電視的。」我幸災樂禍。

「真希望哪天牠撞破你的顯微鏡！」

「你少擔心，牠才不會。」不會嗎？其實我也不敢保證啊！希望不會吧！

「那我過兩天才把牠帶回來，你不用我陪今晚我只好一個人唱卡拉 OK 了。」

那她的鄰居可慘了。

這一夜，我是看《National Geographic》度過的。

然後是寂寞的聖誕節，寂寞的 Boxing Day。很奇怪，以前一個人度過這些日子是不寂寞的，一個人也從不知道寂寞是甚麼。是一個人的出現，令我知道，在等待他的時候是寂寞，等待到的時候是快樂。

快樂，原來只在對比之下才感覺到的。

除夕夜，青青照樣來糾纏一番，我嚷著：「不去呀，不去呀！」把她推出門口。

今夜和平安夜不同，今夜有小老虎。

小老虎如常地活躍，牠跑累了，就跑去大門的罅隙邊嗅，牠真像一隻狗。

「嗅甚麼呀你？」

我好奇打開門，看見米其奧站在外面。

「我來陪你過 2022 年最後的一天。」

他還沒到旅館放下行李，他是從機場趕來的。我衝上前擁抱他，想不到我 2023 年的新年願望，在 2022 年的最後一天實現了。

小老虎還是朝他搖尾。我說：「小老虎很掛念你。」

他說：「小老虎掛念我，因為牠的主人也很掛念我。」

他從背囊裡拿出一條用貝殼串成的頸鍊，說：「這是給你的新年禮物。」

他幫我戴起它，我想起原來自己沒有給他買新年禮物，也沒從九份帶回手信給他，只匆匆忙忙地把自己帶回來。

我抱起小老虎，說：「這是我給你的新年禮物。」

他笑著假裝要追打我。

我說：「既然行李都帶來了，不要去找酒店了，就住在這兒好嗎？」

「免住宿費是你送給我的新年禮物嗎？」他說著，轉身看看我的小房間，說：「但是你只有一張床。」他看著我，我臉紅。

他笑說：「不要緊，我睡地下，房價減半。」

「好呀，你睡在小老虎旁邊。」

小老虎高興的喵喵叫。

米其奧這次留在香港很久，十幾天也住在我家裡。他在香港的朋友不多，所以閒著無聊時只會去外國記者會聊天，不然就悶著和我看顯微鏡。

青青是他的救星，她常常來帶米其奧去參加貓奴活動；米其奧不是貓奴，但他也喜歡認識他們，一來因為他喜歡交朋友，二來他認為愛貓狗的多是有才華、有性格的人。是啊，例如青青就是一個。

他們又去貓奴聚會，又去參加幫忙流浪貓狗的宣傳活動，晚上還常一起去蘭桂坊喝酒。每次都只是他倆去，我不喜歡人多的地方、人多的活動。他們的朋友都說他們很襯很合拍，他們應該是很好的一對。

我一點也不妒忌青青，我也認為他們很合襯，我覺得他們是同一個星球的生物；而我，是另一個星球的人。和米其奧一起，感覺好像要將一個很大的星球放在一個很小的星球上面，小星球會被壓碎。它的命運其一是融合在大星球裡，成為大星球的一部分，一是被壓碎。

想著想著，小老虎總是走過來安慰我，我抱起牠，問牠：「小老虎，你是來自另一個星球的貓嗎？」

Chapter 12

不先生

我的主人好像為青青和米其奧的事不開心。我知道她不是為青青不開心，因為青青不會愛上米其奧，但和青青差不多條件和性格的女孩子有很多，何況不只香港，還有地球上每一個角落。

我知道米其奧不是一個隨便的男人，但也不是癡心一片會黏在女朋友身邊的男人。

我不知道伊玲需要的是哪一類型的男人；在認識米其奧之前，她似乎完全不需要其他人。現在的她，卻陷進抉擇的煩惱中，她的抉擇不是需不需要米其奧，而是需不需要一段感情。

愛一個人，不是她的習慣。

哎，我為甚麼管起男女間的事來，我只是一隻貓！

伊玲和米其奧的第一次衝突，發生在伊玲看米其奧帶給她的《國家地理雜誌》的時候，上面有米其奧拍的一個專輯。

伊玲看著雜誌的某一頁，一言不發很久。

「看甚麼看得這麼入神？」米其奧坐在伊玲身邊問。

伊玲說：「這裡說你在德國一個古堡的主人家裡度宿，是嗎？」

「是啊！」

「家主人是個女人。」

「是啊！」米其奧理直氣壯。

但伊玲好像感覺到些甚麼，我也嗅到點甚麼來。

「那是在認識你之前的事。」米其奧輕描淡寫。

「你到每一個地方拍照時也是這樣的嗎？」伊玲問。

米臉色一變，一言不發地開門走了出去。

伊玲看著我，說：「我說錯了嗎？」

我搖尾，沒搖頭。

兩天之後，米其奧回來了，伊玲沒再提那件事，但兩個人心裡面總是有點甚麼似的，我要想點法子才行。

這天晚上，我又在抓爛伊玲的雜誌。米其奧看見了，問伊玲：

「你覺不覺得小老虎總愛抓雜誌？」

伊玲沒理他，他走過來，拿起我正在磨爪的雜誌，一看又說：「而且最喜歡我報導西藏和訪問喇嘛的那幾頁。」

他好像想到點甚麼，說：「你相信這世上有輪迴這回事嗎？以前我認識的一個喇嘛曾告訴過我。」

「那又怎樣？」伊玲不感興趣。

「他可能是西藏喇嘛轉世啊！不然你也不會把他用選轉世靈童的方法幫小老虎改名。」他靈機一觸：「我和你去一次西藏好嗎？」

他說到這裡，我更使勁地磨爪，以表示我的贊成。我只希望他們有機會一齊外出旅行，讓伊玲看看外面的世界，也許會改變一點。

「你是在我家悶慌了想出去吧！」伊玲說。

「那又怎樣？反正你要請假不難，我不用工作的時間很難得的呀！」

最後，米其奧說動了伊玲。兩天之內，他們執拾好行李、買好了旅行用品、訂好了機票，然後出發去成都。

離開前，伊玲把我交給青青看管，她依依不捨地說：

「小老虎，要不要我為你在西藏買點甚麼？」

胡鬧，貓怎懂說話？

● ● ● ● ● ●

二十日之後，米其奧和伊玲回來了，他們此行，應該
是開心的，他們給我看他們的旅行照。

米其奧和伊玲從成都坐飛機到拉薩，伊玲下機時看到
白皚皚的雪山，蹦蹦跳的四處跑，由自閉症變成活躍症。

但是她忘了在四千公尺的高原上會有高山症，跑跑跳
跳更會加劇，於是，很快她又由活躍症變了高山症。

在假日酒店裡，紫色臉紫色唇的伊玲睡了一天一夜，
米其奧也照料了她一天一夜。但第二天一起床，伊玲又回
復了活躍症。米其奧帶她去逛八廓街，伊玲又買刀又買門
簾，興奮得差點又害高山症。

下午，米其奧帶她到布達拉宮，在布達拉宮的迴廊上，他們看見一個兩腳踏著抹布，像舞蹈般到處滑抹地的小和尚，伊玲要給他拍照，他招呼他們：「Hi，Where do you come from？」

　　伊玲說：「Hong Kong。」

　　小和尚用普通話說：「我是這裡的小和尚，叫洛條平措，我帶你們去參觀好嗎？」

　　平措帶他們參觀宮中的一切，為他們解釋每一個塑像；最後，他站在一個靈位前黯然說：「這是我師父的靈位，一年前去世的，如今，他不知投生到哪裡去了，說不定，成了貓、成了狗。」

　　伊玲問：「你們西藏人是相信輪迴的嗎？」

　　平措為他們解釋輪迴，還告訴她西藏人喜歡繞著寺的迴廊轉，或轉動經輪，其實是在唸「六字大明咒」，祈求

眾生不再在六度中輪迴受苦。

之後，平措還留他們在他的房間吃飯，他為他們將飯菜加熱，又請他們喝酥油茶。伊玲和米別了平措，回酒店又害高山症，頭痛沒胃口。第二天早上，他們去了大昭寺，在寺裡的迴廊中跟著西藏人轉。

他們看見前面有兩個西藏女人扶著一個不良於行的小孩，在一個一個圈的轉，他們想，他們一定是在為小孩祈福。

伊玲問：「在迴廊上轉圈求甚麼也可以的嗎？」然後就走上前，在迴廊上跑圈。

米大叫：「別跑，回去又要頭痛了。」

不知道伊玲祈求了甚麼，她喘著氣跑回來問米其奧：「不知我們前一生和下一生是否認識的呢？」

「管它，我們能夠把握今生的緣分就夠了。」米擁抱著伊玲，不錯，最重要是活在當下，最重要是擁抱這分鐘。

我們都努力擁抱這分鐘，但下一分鐘又如何呢？

當米其奧叫伊玲把握今生緣分的時候，其實自己也沒信心。

最重要是活在當下，最重要是擁抱這分鐘。

我們都努力擁抱這分鐘，但下一分鐘又如何呢？

Chapter 13

米其奧

也許安東尼・史都華在他的告別酒會上的話是對的，他為了工作，從來沒見過他的兒子，我和伊玲也聚少離多。

　　每次我從外面回來，總看見伊玲要重整自己的生活，由最初沒有我到有了我，然後再沒有我，習慣了沒有我之後，我回來，她又要習慣有我的日子。

　　看見她辛苦，我不忍心。

　　在認識我之前，她活在一個無風無浪、自我完成的星體之中，她有顯微鏡、有小老虎、有沙門氏菌和蛔蟲，她的星體已自給自足。而我，令她體味到她的小星體以外的快樂，但也令她體會到這個星體之外的苦澀。

　　我常常想，她需要忍受這個苦澀嗎？沒有我的日子，她是這樣寧靜而睿智；有我的日子，她是忐忑慌惶、手足無措。

　　她不習慣戀愛，不習慣思念。

戀愛與思念，在她的小星體內，是外太空生物，是侵略者。

　　我再看不見她寧謐的美態。

　　我看見她的平靜變成散亂，我想幫助她，但我自己，卻是那個侵略者。

　　如果跟我一起的是青青，我和她會適應得很好，因為她的星體與外界的許多星體接壤、重疊；而伊玲的小星體，是那麼孤立，我攻破了她星體的防線，卻不能為她建立另一道防線。

　　我不是那種會安定下來的男子，至少如今不會，而且我是那麼熱愛我的工作。伊玲是不能忍受變更的女子，她也是那麼醉心於她的生活，也許就是因為這種對自我領域的尊重和執著，令我們互相吸引。

她的容忍能力低，別人容易忍受的事，對她可能是一種酷刑，而我，是那執行酷刑的劊子手。

我但願是一個全心為她的星球設防衛的人，然而，我擅長的，是拓展自己的疆土。我的安全感，建立於不安定之中。

難道愛而無能為力，這就是愛情？

我愛她，所以不想她抱怨，也不想自己抱怨。她寧靜的小星球裡，本來就不需要我，除了破壞她的寧靜，我不知自己為她做了些甚麼。我每次回來的十多天，上半的時間會是跟了青青出去，見識香港的愛護動物團體，參加他們的爭取權益活動，那是我的興趣。伊玲好像越來越不能容忍這些了。

有一次她對我說：

「我覺得你和青青合襯點。」

另一次她說：「如果你和青青可以成為一對就好了。」

昨天她說：「既然你喜歡和她一起多點，為甚麼不索性和她一起？」

這句話之後，我執拾了自己的東西，離開了她的家。

然後，邁步到鄰家，按響青青的門鈴，告訴青青這一切。

很少看見青青眉頭深鎖，她說：

「你明白她在做甚麼嗎？」

「我明白，我相信她真寧願我和你一起多點。」

「為甚麼她總在逃避問題？」

「不逃避，她能解決嗎？她還未需要我需要到要面對問題的地步。」

青青默然，她不能否認，她一語中的地說：「她還是懷念那個從前的星球。她駕了小太空船出來試探，遇到另一個星球的太空船，兩個人溝通有困難，她就立即退回自己的那個星球裡。難道她真的可以一輩子不需要別人嗎？」

我知道青青是真正關心伊玲的人，然而我們怎知道一個不需要他人的人會不快樂呢？我們只是以自己的生活習慣去猜想她而已。我對青青說了一段故事。

「一個人在山野裡看見一朵很漂亮的花，就摘下來放在家中的花瓶裡，但這樣花會快樂嗎？看著花漸漸凋謝，他心裡難過，最後他將自己一起插進花瓶裡，和花一同枯萎。」

青青聽了笑，「所以應讓花在深山中繼續漂亮，是嗎？」

我也笑，這兩個愛著同一個人的人，莫逆於心。

「你真的要走了嗎？她不可能這樣一個人過一生的，終於有一天，她需要另一個人。」

「這可能是我倆的一廂情願而已。有你在她身邊，我放心。」

「你會回來嗎？」青青問。

「她需要我的時候，我會回來。」我答。

一個人在山野裡看見一朵很漂亮的花，就摘下來放在家中的花瓶裡，

但這樣花會快樂嗎？看著花漸漸凋謝，他心裡難過，

最後他將自己一起插進花瓶裡，和花一同枯萎。

Chapter 14

傻傻

十一月，一年一度的明星貓店長選舉終於開始了。

明星貓店長關注組帖文

11月1日
之前講過搞香港貓店長先生選舉，現在終於諗通點搞，歡迎各位貓奴參加及提名你家主子！

11月2日
11月份嘅香港貓店長先生選舉正式開始，10月所有 post 嘅票數唔計算在內，要重新 post 先計數喇！快啲去提名啦！

11月3日
大家記住呀，香港貓店長先生選舉係唔會喺呢度畀 like，一定要喺貓店長先生群組比 like 先算數喇，快啲去支持你心目中 11 月份嘅男神啦！

11月5日
請投青衣 BENBEN 神聖一票，今次要衝擊第一。BENBEN 約六歲，性格好動、親人、貪吃。優點：靚仔、可愛又有性格，表情豐富，喜歡捉小動物。青衣某食品店人氣名店長，圈粉無數，有自己粉絲專頁。

11 月 8 日

如果有全球最佳貓店長選舉，冠軍我買不先生贏，呢位藥房店長真係不得了！

11 月 10 日

大家好，我係珍寶珠，而家歲半，之前我情況唔太好，嗰陣媽媽仲話揸得過畀我自己揀留在屋企抑或做貓店長，跟住我揸過咗，情況穩定番之後，我就開始成日扭去街、間中去開檔、過監視人類工作嘅監工生活啦！

11 月 25 日

香港貓店長先生選舉 11 月份四強出現了！傻傻以 3780 like 暫時領先，會否繼續以王者姿態成為冠軍呢？而上一個月亞軍不先生 3173 like 暫時屈居亞軍，今次會否打破二奶仔宿命呢？珍寶珠 2129 票成為第三名，第四名係 1222 like 嘅 BENBEN。還有最後一日咋，用你神聖嘅一票令佢哋成為冠軍王者啦！

11 月 27 日

香港貓店長先生選舉最後三日喇，因為你嘅重要一票，會唔會影響賽果呢？快啲投出你重要嘅一票啦！

11 月 28 日

大家記住要去幫小老虎投票，冇錯，唔使左望右望，我就係藥房貓店長小老虎，請投我神聖一票！下次嚟買嘢，我唔再恰眼瞓同大家玩好唔好？記住不要摸我，DON'T touch！

11 月 29 日

大家有冇心水號碼呀？好緊張，有新加入者後來居上，最後的 24 小時，到底最後的冠軍係邊個呢？

12 月 1 日

香港貓店長先生選舉 11 月份冠亞季軍出現了！冠軍傻傻勁可愛！勁型仔！4420 票當選成為 11 月冠軍！亞軍不要摸我今次輕敵，好彩後來居上，得第二，3256 票當選成為 11 月亞軍。季軍珍寶珠 2928 票，三甲之內的潛力股，期待你成為冠軍的一日！

11 月份香港貓店長先生選舉，多謝大家支持傻傻，在好旺角中心見！

傻傻成為 11 月的冠軍太好了！

●●●●●●●

　　成為明星貓店長冠軍，沒有為我帶來太大的喜悅，因為那是理所當然的，我是大熱門啊！倒是我的主人比我更開心，然後，是來給我拍照的人又多了！

　　敗給我的小老虎會不高興嗎？看來牠又不會，這天，牠的主人帶了牠來寵物用品店，牠還是那副憂鬱樣子，但是憂鬱不一定代表不高興吧？

　　我問牠：「你常常擺出這副憂鬱的樣子，是主人對你不好嗎？我聽說過有些主人訓練貓時虐待牠們。她會不會太想你勝出明星貓店長選舉，給你訓練太多、太密？我的主人說訓練貓常見的不良行為有：打牠、彈耳朵或鼻子；向牠噴水，甚至辣椒水噴牠；關著牠或罰牠不准吃飯；挑釁、逗弄、讓貓生氣、大聲喝斥，你的主人有沒有這樣對待你？」

「我的主人才不會這樣，她對我很好，盡全力保護我！」牠似乎對我的問題很不屑。

「主人對你有太多的保護也不是好事哦！聽說你有另一個名字叫『不要摸我』，是嗎？貓店長關注組的版主說綜合這次賽果，你輸了給我的原因是你不讓人摸，不太讓人親近。需要我教你怎樣多和人親近的技巧嗎？讓你的實力增強了，下次我們就可以再來一次公平比賽！我的主人說：要訓練貓親近人，視乎貓的狀況。若是貓原本就不親近人，就不要勉強牠，更不要讓不親近人的貓長時間暴露在有太多陌生人的地方。但有部分貓可以透過時間與空間的安排，幫助牠們增強與人類的親密度。可先從飼養環境著手，提供貓足夠的平行與垂直空間，如適當的躲藏處及跳台。跳台的用途在於幫助貓咪從高處仰望，是方便牠們觀察人的好用品；而增加躲藏空間則可有效幫助貓咪在感到陌生或害怕時，隨時能夠躲起來並偷偷觀察外界的狀況。當貓熟悉環境以後，務必要耐心等待牠主動靠近。要不要讓我的主人教導你的主人這些道理？」

「才不用你教，也不用你的主人教我的主人！」牠又皺起眉頭。

「你常常擺出這個憂鬱的表情，又喜歡鑽到藥房旁邊骯髒的冷巷，這會是一種行為問題吧？其實常見的貓行為問題，有可能來自心理，也可能是身體健康拉警報。例如常常搗蛋、不在貓砂盆裡面上廁所，其實很有可能是罹患了下泌尿道症候群；又或是最近家中有一些變動，如家庭成員的增減、搬家、傢俱變動、新飼養的寵物、主人沒回家等，都會造成行為問題。你的主人有定期帶你看貓醫生或帶你見貓的訓練師嗎？」

「我才沒有這種需要！」牠是固執的貓。

我不厭其煩為牠解釋：「貓是忍功極強的動物，一旦連主人都發現不對勁了，建議第一步驟就是先去看醫生。醫生會依照他的專業、經驗，判斷貓咪是身體出了狀況，還是心理有壓力所造成的問題。如果是身體上的疾病，不

外乎是乖乖依照醫囑治療，或找尋專科獸醫師的協助；若是連醫師都建議你找貓行為專家，那主人可能真的需要上課了！你叫主人帶你去看獸醫或者貓的訓練師吧！貓的訓練師會為你們解決問題的！」

「貓的訓練師是甚麼？」我終於引起了牠的好奇心。

「專業的貓行為訓練師會經由聆聽飼主的描述、觀察貓咪與主人或在環境空間的互動及相處方式、觀察貓咪的行為後，再尋找各種其他可能造成行為問題的因素，然後對症下藥。」

「不要！我最怕吃藥！我不需要對症下藥，我也沒有病！」牠顯得十分抗拒。

「沒有病也可以見訓練師，見訓練師一定有好處的。我的主人帶我見過貓的訓練師之後，就有了很好的結果。貓的訓練師對我的主人說：要解決傻傻的問題，方案可能

是簡單地請主人調整作息、與貓咪的互動方式、增加遊戲、運動時間、調整用餐時間等方式。我的主人就選擇了增加我的遊戲和運動時間的方案，還有多給我零食。」

我懷疑牠沒有聽我說話，牠趴在地上，好像睡著了。然後，瘋狂的粉絲瘋狂地拍牠睡著了的樣子，我真的沒好氣理會他們！

我懷疑牠沒有聽我說話，牠趴在地上，好像睡著了。

然後，瘋狂的粉絲瘋狂地拍牠睡著了的樣子，

我真的沒好氣理會他們！

Chapter 15

不先生

我只是一隻貓，不能知道每一個人在想甚麼，也許一般人會將伊玲煩惱的事，解釋為一個患了自閉症的人不能與人相處，搞不好人際關係。就正如他們只是將我看成活躍症的貓，而並不知道我是想跳出這桎梏智慧的肉身。

　　可以說：伊玲從前是快樂的，至少自我來了這間小房間至她認識米其奧之前，她是快樂的。顯微鏡不會跑掉，微生物有成千上萬，不在乎某一隻，攝影機下也可以使任何事物停留，但她愛著的米其奧並不如此。他會跑掉，他只得一個，他和她的快樂時光不會任意為她停留。

　　和米其奧一起之後的伊玲，大半時間是不快樂的。她不習慣等，不習慣思念，不習慣戀愛，而從前的二十四年裡，陪伴著她，令她感到安全的，就是她的習慣。走出這個安全地帶，她能找到另一個嗎？她沒信心。而米其奧並不是安全地帶。

米其奧是普通的人類，對於人類的男人最痛苦的事，莫過於看見一個他愛的女人為他不快樂。原來沒有他，比擁有他時，她會好過一點。

　　這個世代的人不能容忍別人為自己不快樂，這個擔子太重了。她／他現在為我忍受不快樂，我能夠保證她／他的容忍能換來將來的幸福嗎？我不能保證。所以這世代的人不能容忍別人為自己而容忍。

　　假如米其奧可以容忍別人為他受苦，可能他和伊玲可以天長地久。然而，假如他是一個忍心別人為他受苦的人，伊玲不會愛上他。這是一個多麼難解的矛盾。

　　伊玲知道是自己令米其奧離開的，但她的潛意識縱容自己這樣做，她對自己解釋米其奧和青青才是一個星體上的人，而自己是另一個星體的人，因此可以置身事外。她也令自己的星體只有自己一個人，她就不再會為別人煩惱。

聽過青青說：

「愛情，不就是兩個人互相纏結，直至纏死對方，然而纏死得快樂的一回事嗎？沒有糾纏，沒有為對方痛苦，就不是愛情。那個最能令你痛苦的人，最能令你快樂；而這個最能令你快樂的人，也最令你痛苦。

有一種人，愛得不明不白，卻愛得全情投入，最後死得不明不白。

有一種人，懂得愛原是糾纏痛苦，但甘於痛苦，在痛苦後面拾取一丁點一丁點的快樂。

有一種人，懂得愛原是糾纏痛苦，他／她選擇抽身而出，而伊玲退出的藉口是：他們才是一個星體上的人。」

米其奧離開之後，伊玲一天一天數算，直到她數算到的日子比他從前離開的任何日子長的時候，她確定他不會回來了。

確定米其奧不會回來以後，伊玲的日子一點沒變，她仍是沉溺於她的顯微鏡，仍然是每天在看顯微鏡下的水。我覺著奇怪，她已經很久沒出去溪澗、溝渠取水了，她在看甚麼？然後我知道，她在看自己的眼淚。

　　她每天將為米其奧流的淚放在顯微鏡下看，看了七七四十九天，這是多麼令人心痛的事，不能讓她這樣下去，我鼓足勁兒，衝向桌上的顯微鏡。

　　顯微鏡掉在地上，鏡片裂開、支架折斷，而後聽見伊玲足以震裂一切的嘶叫聲。

　　她呆呆地看著碎片，蹲下來，無言拾起一片、兩片，拾完最後一片，她站起來，打開大門，對我說：「出去！」

　　我奔跑出去，頭也不回，我知道弄破伊玲的顯微鏡的時候，也正是我與她分別的時候，我跑到很遠很遠的一條行人隧道上，蹲在那裡一天、兩天⋯⋯

有一種人，愛得不明不白，
卻愛得全情投入，最後死得不明不白。

Chapter 16

伊玲

在顯微鏡下面，我看了自己的淚水四十九天，發現在淚水之中，有一種成分漸漸失掉。然後，在小老虎打破了我的顯微鏡，被我趕走之後，在地上，我發現牠流的兩滴眼淚，我仔細地看，然後發覺，在我的淚水中日漸消失，在小老虎的眼淚中卻充滿著的成分是甚麼——那是眷戀。

　　米其奧走後的四十九天，我對他的眷戀一天一天淡卻，但小老虎對我的眷戀是這樣地濃郁。

　　我跑到外面找了小老虎兩天，然後，在很遠很遠的一條行人隧道中，一個露宿者告訴我，在旁邊的公園見到過一隻有黑色斑紋的貓在徘徊。我趕緊跑到那個公園，在一張長凳底下看到奄奄一息的牠。

　　心急如焚的我手足無措，怎麼辦呢？我趕忙抱著小老虎乘計程車到傻傻主人的寵物用品店，幸好他們還沒有關門。

傻傻主人帶我和小老虎到附近相熟的獸醫那裡，獸醫說：「小老虎的情況不妙，牠要在診所住一晚，如果牠捱得過這一晚，才有復原的希望。」

　　那是多煎熬的一晚！幸好小老虎捱得過去。

　　再到診所的時候，獸醫對我說：

　　「小老虎需要懂照顧寵物的人耐心的照顧，我看你面容憔悴，也不是在很好的狀態吧？你照顧牠不會有問題嗎？」

　　傻傻主人義不容辭地說：「把小老虎帶到我的寵物用品店吧！我為你照顧牠，直到牠復原為止。有好朋友傻傻陪伴，小老虎會很快康復的。」

　　在顯微鏡破碎了、小老虎生病了的日子裡，陪伴我身邊的是姐和青青。

姐這陣子心情好像特別好，她與網球教練好像有點發展，她沒有正面告訴我，因為她知道我反對，但我常常看見她嘴角甜甜的笑意。為了不打擾她的心情，我沒有將小老虎和米其奧的事告訴她。

　　兩個星期之後，我接到姐的一封信：

「伊玲：

　我走了。

　我從來做人也是迷迷糊糊的，總是從一種一塌糊塗裡跳進另一種一塌糊塗裡。從自小成長沒有溫暖的家，跳進一個沒有愛情的婚姻裡面，然後跳進這母親的角色裡面，在這迷糊胡混的過程中，我似乎跳過了愛情，從沒墮進裡面享受過在裡面的沉溺，那原來是一件雖然遇溺、窒息，但也寧願溺斃的感覺。

真的，我寧願溺斃在裡面，也不願清醒的做一個
妻子、一個媽媽。伊玲，做你的姐姐，是我唯一
情願擔當的角色，但我暫時也負不了這個責任。

我走了，雖然這一走並不一定找到幸福，也許等
待著我的是後悔和飄泊，但我不會後悔。

我不求被諒解，只希望……擁抱這分鐘。

伊林」

這封信之後，是姐夫一連幾天由慌張到失望到絕望的
電話申訴。然後，我肯定，姐姐是真真正正的不知所蹤了。

這半年以來，自己彷彿參加了一個忍受苦痛的速成課。
先是打破顯微鏡令我稍忘對米其奧的思念，然後是小老虎
的病蓋過了打破顯微鏡的不快，然後，是姐的失蹤，淹沒
了這一切。

然後，我發覺，這些事件加在一起，竟是我無法承受的。

從前，我有姐、有顯微鏡、有小老虎，然後有了米其奧，一種幸福加一種幸福加一種幸福再加一種幸福，只等於一種幸福。

現在，一種傷痛加一種傷痛加一種傷痛再加一種傷痛，竟是無限大無限重令我承受不了的創痛。

以前，我以為自己不擁有甚麼，所以不害怕失去，當一切真的失去時，才發現我再沒有東西可以失去了，因為我一無所有了。

● ● ● ● ● ● ●

沒有了顯微鏡、小老虎、米其奧和姐陪伴的日子，只有青青和賽斯克會來探我；而青青，也已找到要好的另一半。現在，陪伴我的，只是每一期的《國家地理雜誌》。

也許……也許陪伴我的不止是《國家地理雜誌》，還有很多貓的零食、貓的營養品、貓的維他命、貓的玩具、貓的衣服，甚至是貓的祈福用品……

　　這一切，都是小老虎的粉絲在這兩三星期內送來的。在藥房中不見了小老虎，牠的粉絲都非常失望，每一個都問候牠。知道牠生病了之後，就不斷有人送來貓零食、貓營養品、貓維他命、貓的玩具、貓的衣服……相信如果有人教他們煲適合貓喝的湯水、適合生病的貓吃的粥，他們也會學了去煮好送過來的。

　　他們每送一次，就問候一次，還有人說會為牠祈禱。

　　本來，我覺得這些人很厭煩，之前，我覺得小老虎之所以染病，都是因為他們常常觸摸牠傳染牠的，他們打擾了小老虎的生活，剝奪了牠私隱的權利。

　　可是，這兩三星期以來，我漸漸明白到他們對牠的關

心是真心的，其中一些人的話，甚至令我覺得他們明白小老虎、關心小老虎比我還要多！

我對小老虎的了解足夠嗎？我對牠的關心足夠嗎？那一次，為甚麼我要把牠趕出去？我又有想清楚牠為甚麼要撞倒我的顯微鏡嗎？

難道……難道牠是不想我再沉溺於顯微鏡裡的一滴水？在一滴水中，我能夠得到甚麼？在牠的眼淚中，我又能夠看到甚麼？

漸漸，我也會跟小老虎的粉絲說上一兩句，用最簡短的言語向他們報告小老虎的近況。原來關心真是有用的，能夠改變一個人對事情的看法。

作為一個藥劑師，每次有人來買藥配藥，我頂多會聽聽他們的病狀，就會根據自己認為最專業的做法，為他們選我認為最適合他們的藥。

可是，現在我會多問他們：有沒有對甚麼藥物敏感？近來的作息怎樣？身體不舒服的情況怎樣？家裡有沒有人照顧他們吃藥等等……

這一兩個星期以來，我跟來買藥的人說的話，似乎比以往的兩年還要多。

一些老人家買藥離開的時候，我甚至會跟他們說：「多喝水！」「起床的時候喝一杯暖水吧！」也會對陪老人家來買藥的年青人說：「多傳見字飲水的訊息給老人家吧！」

水裡面不單止有很多細菌，水裡面也能盛載愛！

最近，我竟然有了多了解來買藥的人的需要的渴望。

這天，傻傻主人告訴我小老虎已經完全康復了。小老虎的康復，應該是因為有懂得關心牠、照顧牠的傻傻主人悉心照料，還有牠的好朋友傻傻陪伴牠，而我——這個不及格的主人付出是最少的。

小老虎回家之後，我一定要好好待牠，做一個稱職、負責任的主人，我會全力了解牠的需要、滿足牠的需要。

　　我知道，如果告訴米其奧顯微鏡、小老虎和姐的事，他一定會回來，但我不想他因為我需要他而回來。

　　希望，有一天，他會因為他需要我而回來。

Chapter 17

米其奧

今天，我又爬樹又涉過沼澤去拍攝鳴鶴、朱鷺、秧鷄與老鷹。在佛羅里達州的大沼澤地，我坐在煥熱的十二呎高塔頂，以帆布掩蓋，拍攝一對啄木鳥的行蹤。鳥巢在一株已枯死的松樹上，突然，樹身「啪」的一聲，一大塊樹皮脫落下來，樹倒下的聲響打破了松林的寂靜。我一看，整株樹正從鳥巢所在的部分折斷開來。

在松樹上的母鳥立即飛到巢中，啣出一顆蛋來，飛到安全地方後，又回來啣另一顆。樹倒下之後的六分鐘內，牠就安全啣走了全部的三顆蛋。公鳥回來，看到此情此景，激動得只曉得拍翼大叫。

這一切，真令人難以置信，而這一切，就是我喜愛與沉迷的工作。

這幾個月來，我已經能夠再全情投入不穩定的生活和工作，我樂在其中，且很享受沒有負擔、沒有虧欠的生活。

直至在一個攝影展中，我重遇安東尼‧史都華。記得在從前一個酒會中，他不無遺憾地告訴我：「我在這裡待了四十二年，四十二年也過得很愉快。可是我要告訴你，如果要我重新來過，我絕不幹這一行。我有一個兒子，別說認識，我連見也沒見過他。」

　　不知道在那次分別之後，他有沒有見過他的兒子呢？他有機會彌補這個遺憾嗎？倒是他先問我：「這麼久不見，你有另一半了嗎？找到摯愛的人了嗎？」

　　我想了想，搖搖頭。

　　他續說：「我看過你拍的很多相片，你拍的野狼和鷹也十分出色，那是因為你花了很多時間去觀察牠們的生活、牠們的生態環境、牠們在惡劣環境中的掙扎，可是，很少看到你拍人的相片，偶然看到過有一兩次，但你並沒有捕捉到那些人的神髓！」

　　「這可是我的弱項！」我再搖搖頭。

「為甚麼對野外的動物你會花這麼多時間去觀察、花這麼多時間去了解？而對於人，你卻這樣吝嗇呢？不要怪我倚老賣老，這樣下去，你會後悔的，年青人，可不要像我一樣，到了一把年紀才後悔莫及才好！」

這天之後，到每一個地方，我也會用一個小瓶裝滿這個地方的水，寄回去香港給伊玲。我的內心深處彷彿想知道她的生活、她的生態環境、她在惡劣環境中的掙扎⋯⋯

我仍然記得自己說過：有一天她需要我的時候，我一定會回去。

Chapter 18

青青

這天，伊玲收到一個包裹，是米其奧在佛羅里達州寄回來的一瓶水。伊玲看看它，搖搖它，然後將它與其他六瓶一起放在書架上，然後就坐在沙發上，繼續看她的《國家地理雜誌》。

我以為伊玲在小老虎和伊林不在之後，會很需要人陪伴，但她還是繼續以往的生活；她沒再買一個顯微鏡，只是每天的買書、看書、讀書，她的語文越來越好了。

我不能每天陪伴她，因為我已經找到了自己的所愛。我幸運地在台北的愛護動物組織中認識到我的一生摯愛——一個和我一樣愛貓的男子，而且是個虔誠的基督徒，他每天會和我一起照顧貓貓，禮拜天帶我上教會。

但是我仍然關心伊玲，希望她和我一樣，有一生的摯愛陪伴她。

過幾天，小老虎會被她接回來了，不會再讓她牽腸掛肚，但是，我知道，現在唯一令她思念、牽掛、茶飯不思的只有一個人。

我寄了一封電郵給米其奧，告訴他伊林、小老虎和顯微鏡的事，我記得他說過：如果伊玲需要他，他會回來。

　　幾天之後，他回電郵給我，告訴我他已經在美國考到了狗訓練師的牌照，正考慮在美國還是回香港執業。

　　然後，我打了電話給他。

　　「你的台北新郎好嗎？」他問我。

　　「很好，他是最好的！」我說。

　　「那麼，你和賽斯克都好嗎？」

　　「都好，你沒有想問候的人了嗎？例如我的鄰居。」

　　「你在電郵裡不是都說了嗎？」

　　「那是前陣子的事了，最近呢？你不想知道嗎？」

「我想問候她的話，我自己會問她。」

「既然你這麼關心我們，我就告訴你吧！這幾天我和他參加了台灣保護動物資訊網的義工服務，這個資訊網對保護動物的看法實在很有意思，發人深省，我唸給你聽，和你分享好嗎？」

「好的，你唸吧！」

於是，我給他唸網頁上的文字：「人的生活有許多層面：工作、休閒、玩樂……雖然寵物只是我們生活中的一部分，但是對於寵物而言，您就是牠的全世界，牠的生活都圍繞著您。

狗狗與貓貓都擁有豐富的情感，您的照顧及愛護會讓牠們感到幸福而變漂亮，但您的遺棄則會造成牠們一輩子的陰影；當您決定飼養寵物時，一定要做好照顧牠一輩子的準備，不要因為生病或不想負責任的時候就隨意拋棄，

如果真的無法繼續飼養，也要將牠交託到可以照顧牠、愛牠的人手中。基於保護動物，尊重生命，請不要隨意放生寵物、家畜、家禽，如果違法就會依動物保護法處罰喔！

飼養寵物是一種對生命的責任與承諾，不要因為一時的興趣，沒有經過深思熟慮就飼養寵物，為了牠，請您做一個有責任感的飼主。

我們不一定要領養流浪動物，但我們可以不製造流浪動物，不是嗎？」

唸完了，他真的有留心聽，他說：「的確很有意思，他們說得很對。」

「對於寵物而言，你就是牠的全世界，飼養寵物是一種對生命的責任與承諾。連對飼養的寵物也是一種承諾，何況對一個人？愛一個人，不是一生一世的承諾嗎？我身邊的那個他常給我唸這一段聖經：『愛是恆久忍耐，又有

恩慈⋯⋯凡事包容，凡事相信，凡事盼望，凡事忍耐。愛是永不止息。』永不止息不就是一生一世嗎？你說過有一天她需要你的時候，一定會回來。你不回來、不在她身邊，怎會知道她有沒有需要呢？你這不是逃避責任的說詞嗎？」

他無言以對，似乎陷入了深思。

Chapter 19

不先生

傻傻主人說：「貓店長先生選舉的冠軍、亞軍也在我的寵物用品店裡，這陣子的生意不好也難！」

他說的對，瘋狂粉絲每天大排長龍要跟我們拍照，長龍由寵物用品店直至商場門外，幾乎繞了一個圈。假日尤其厲害，這兩天傻傻主人開始要員工在門外派籌，甚至打算要預約了時間才可以來跟我們拍照。

這樣好嗎？每天有手機從不同角度給我們拍照，我們的一舉一動——睡懶覺、吃飯、打個呵欠、抓抓癢也被拍個不停，有相片有短片……有人想過貓也需要私隱、需要獨處時間嗎？

我曾經問傻傻有關私隱和獨處的看法，但牠的想法顯然和我截然不同。

我說：「我的主人不會用我來賺錢，會全心全意保護我。」

傻傻說：「我的主人也不是存心用我來賺錢，他只是喜歡曝光、喜歡受到關注而已，其實他是真心喜歡小動物的，也對養寵物很有研究、很有心得。你在這裡休養治病的時候，他不是很小心照顧你，對你很好嗎？你不可以這樣說他，不可以忘恩負義啊，喵！主人並沒有利用我，更沒有逼我，我自己喜歡做明星貓，喜歡和主人並肩作戰，喜歡主人以我為榮！」

　　「對不起，是我誤會了。我都知道在我治病的期間，你的主人和你都對我很好。」

　　「你的病已經好了，你已經回復健康，你想跟主人回去嗎？還是和我一起留在這裡？這裡有我這個朋友，有自由可以讓你在商場裡到處去，不用留在『不要摸我』的黃色貼紙旁邊，也不用圍著一大瓶滴露轉。這裡有好吃的東西，寵物用品店的零食讓你吃個不停，你留在這裡有光榮、有粉絲、有全世界……」

　　這令我想起青青說過魔鬼試探耶穌的一段：

「魔鬼帶耶穌上了一座很高的山，給他看世界萬國和萬國的榮耀，對他說：『你如果俯伏拜我，我就把這一切都給你。』耶穌對他說：『撒旦，退去！因為經上記著：「要敬拜主──你的神，唯獨事奉他。」』」

　　我幾乎想對傻傻說：撒旦，退去！

　　「你跟我說這些做甚麼？我不是魔鬼，我是萬人迷明星貓貓傻傻，陪你治療，經歷了這好些日子，我是你的好兄弟！」傻傻說這話時，不忘擺出一個英氣逼人的 pose，讓粉絲拍照。

　　「你當然是我的好兄弟，但我們貓也講義氣，不能在一個人最需要自己的時候離開她。我出生後和兄弟被原本的主人棄養之後，現在這個主人領養了我。她是我的全世界，我不會背棄她！」

　　說這話的時候，我應該還是一個憂鬱的梁朝偉的表情吧！

Chapter 20

傻傻

「說了再見 約定再見

說了再見 約定再見

說了再見 約定再見

就會再見」

我的主人常常聽這一首歌，念念有詞地唱這幾句歌詞。我並不明白這些歌詞的意思，也不明白這些重重複複的話對主人有甚麼意義。

上星期，小老虎回去了，牠的主人來接了牠回家。

牠的主人對我的主人說：「感謝」、「再見」。我知道她的感謝是真心的，我知道她說了再見，我們還會再見到她，因為她常來這裡買寵物用品。

小老虎也跟我說再見，我也知道會再見到牠，因為牠是守承諾的貓，牠為了報恩，會回來找我；牠的主人為了報恩，也會回來找我的主人。

然後，我明白了「說了再見　約定再見　就會再見」的意義。

　　再見和拜拜不同，再見的意思是再次見面，說了再見，就應該是真的想再見到對方。

　　終於我完全明白了再見的真義。

　　今天，小老虎和牠的主人來寵物用品店探我們，他們身後還跟著青青和米奇奧。

「**說了再見　約定再見**

　說了再見　約定再見

　說了再見　約定再見

　就會再見」

這首歌又在我們的耳畔響起。

再見和拜拜不同，再見的意思是再次見面，
說了再見，就應該是真的想再見到對方。

「說了再見 約定再見

說了再見 約定再見

說了再見 約定再見

就會再見」

這首歌又在我們的耳畔響起

α enlighten 亮光
&fish 光

書　　　名：再見貓店長
作　　　者：周淑屏

出　版　社：亮光文化有限公司
　　　　　　Enlighten & Fish Ltd
主　　　編：林慶儀
編　　　輯：亮光文化編輯部
設計·繪畫：亮光文化設計部
地　　　址：新界火炭坳背灣街61-63號
　　　　　　盈力工業中心5樓10室
電　　　話：（852）3621 0077
傳　　　真：（852）3621 0277
電　　　郵：info@enlightenfish.com.hk
網　　　店：www.signer.com.hk
面　　　書：www.facebook.com/enlightenfish

2024年9月初版

I S B N　978-988-8884-20-9
定　　　價：港幣$98